U0964117

collection

挚情 真知 雅意

名家作品中学生典藏版

STUDENT EDITION

ZHANG WEI collection

名家作品

张炜，山东省栖霞市人，1975 年开始发表作品。2020 年出版《张炜文集》50 卷。作品被译为英语、日语、法语、韩语、德语、塞尔维亚语、西班牙语、瑞典语、俄罗斯语、阿拉伯语、土耳其语、罗马尼亚语、意大利语、越南语、波兰语等数十种文字。著有长篇小说《古船》《九月寓言》《刺猬歌》《外省书》《你在高原》《独药师》《艾约堡秘史》等 21 部，诗学专著《也说李白与杜甫》《陶渊明的遗产》《楚辞笔记》《读〈诗经〉》等多部。作品入选“百年百种优秀中国文学图书”“《亚洲周刊》二十世纪中文小说一百强”，获茅盾文学奖、中国出版政府奖、中华优秀出版物奖、中国作家出版集团奖特等奖、华语文学传媒大奖杰出作家奖、京东文学奖等。

典藏

人生麦茬地

中学生典藏版

© 张炜 著

山西出版传媒集团 山西教育出版社

图书在版编目（CIP）数据

人生麦茬地 / 张炜著. —太原 : 山西教育出版社，2023. 4

（名家作品：中学生典藏版）

ISBN 978-7-5703-3211-3

Ⅰ. ①人… Ⅱ. ①张… Ⅲ. ①散文集-中国-当代 Ⅳ. ①I267

中国国家版本馆 CIP 数据核字（2023）第 053514 号

人生麦茬地

责任编辑 刘晓露

李 磊

复 审 海晓丽

终 审 郭志强

装帧设计 薛 菲

印装监制 蔡 洁

出版发行 山西出版传媒集团·山西教育出版社

（太原市水西门街馒头巷 7 号 电话：0351-4729801 邮编：030002）

印 装 山西基因包装印刷科技股份有限公司

开 本 889×1194 1/32

印 张 9. 25

字 数 176 千字

版 次 2023 年 4 月第 1 版 2023 年 4 月山西第 1 次印刷

书 号 ISBN 978-7-5703-3211-3

定 价 39. 00 元

读懂真纯与美善

（编者序）

刘晓露

从1973年至今，张炜在文学之路上已经跋涉整整五十年，达半世纪。五十年，日升月落，斗转星移，变化一天天发生，一日日加剧，他以近2000万字的作品，无愧于匆促的岁月，无愧于坚守的自己，收获累累硕果。《你在高原》获得第八届茅盾文学奖，长篇小说《古船》入选“改革开放40年最具影响力小说”，长篇小说《九月寓言》入选“新中国70年70部长篇小说典藏”，还有大量的散文、童话、诗作、专著、非虚构作品，也在持续不断地涌入读者的视野。“写作如日常劳动，人们对日复一日在田里劳动的人，并不会觉得奇怪。这对我是很自然的事。”张炜如是说。写作，已经成为他的生活方式；他对世界的态度，就在那支飞舞的笔下。

本书《人生麦茬地》精选张炜散文、随笔、漫议等四十余篇，分为“感怀”“思悟”“凝望”三辑，中学生朋友可以管中窥豹，一睹这位当代著名作家的文字魅力、思想情感和艺术审美，从而提升语文能力、写作水平，并助力自己获取更丰盛的人生养分——更懂得美与爱，更冷静地审视周遭，更热情地拥抱生活，不辜负灿烂花季，不浪掷诗书韶年。

那么，同学们应该如何赏析张炜作品，并有所收获，得以启示呢？笔者认为可从以下两个方面入手：

一、语言风格：细腻多思。

对于作家而言，语言无疑是体现其写作风格的重要元素。张炜作品的语言特色十分鲜明：细腻、精准、生动。这在他的描述性文章中格外突出。面对一人一事一物一景，张炜都能做到像创作工笔画一样，细细勾勒，精彩再现。这种描述并非直截了当的临摹，而是极富慧心，颇具功力，其中尤为值得同学们借鉴的地方，是对细节的凸显。

在《挑战的鼻梁》一文中，张炜写道：“那个鼻梁毫不含糊地向上伸去、挑起，充满硬度，倔强，实在有点怪异。它显示了你的执拗、不甘屈服、迎向一切、刺破一切的坚毅决心。在这个上扬的鼻梁的带动下，鼻中沟也有点高耸，唇部似乎也上翻得厉害，它们一块儿构成了鲜明的侧面剪影：那种突兀的棱角分明的线条是极易描画的。”——“伸去”“挑起”“高耸”“上翻”等一系列动词的运用，既客观又形象，惟妙惟肖地绘出“鼻梁”的特点；而“毫不含糊”“倔强”“怪异”“突兀”等词，则带有主观色彩，流露出个人独有的感受与认知，体现了张炜敏感多思的气质，但它们无一不精准生动，成为细节描写的加分项。当细节描写成立且成功了，读者便会对文章留下深刻的印象。

信手掀开本书中的任何一页，同学们都能邂逅这样的句子抑或段落。跟随张炜的笔触，我们可以生发浪漫、唯美、壮阔、激扬、酷烈等诸多阅读体验。它们由细腻逼真的刻画、飞转不停的思绪造就，自生活而来，由文学而至，散落在各处，如同反射着阳光的一泓清水，波光粼粼，翻卷跃动。同学们驻足凝视，悉心品味，潜心揣摩，一定会从中习得写作的奥妙。

二、回望呼唤：真纯美善。

在张炜的创作中，有些主题会反复出现，例如故乡、儿童、动物、植物、林野等，书写这些主题，正是张炜价值观、情感寄托、精神世界、审美倾向的真实展现。

故乡永远伫立在记忆的源头，整个世界都从那里延伸，是每个人忘不掉回不去的灵魂安放地；儿童是生而为人最开始的样子，简单而纯粹，童年分明就是百草园，是魔幻乐园；动物、植物、林野，都是大自然的代名词，与过去相连，与远方接壤，在凡俗的尘世，大自然就是润泽喑哑歌喉、慰藉蒙尘心灵的解药。张炜放不下的这些主题，本身都具备原初、本真，未被塑造、未被纠正、未被污染的意象。他追忆它们，歌咏它们：

时光深处的故乡，当绿蓬蓬的春天来临，由洋槐花、杏花、苹果花和桃花交汇而成的气味和色泽，是“逗人的喜气，节日的嬉戏，是它所促成和焕发的那个年龄所特有的敏感与欣悦”。而故乡中的人，是对艺术极端热爱、天赋异禀的“农民诗人”，是历尽苦难、天性纯良的“蓝眼老人”，是对一匹老马温柔相待的退伍老兵……这些貌似卑微的小人物，通身闪耀的正是高贵的人性光芒。他笔下的儿童，如果与小动物碰了面，那世间最温馨的画面便出现了——“男孩正讲故事，伸手比画着；小狗专注地倾听”，以至于作者不由得想：“他们的对话一定有趣而奇异，可惜我们听不懂。我们已经失却了他们的语言。这两个伙伴之间是完全平等的——他们自己感觉是平等的。他们仿佛只有外形上的不同，而没有其他的不同。两个生命在最能够接近的时刻里融融相处，互相吸引，相依为命。”他对大自然的赞叹由衷而热烈：“美好的自然，山脉、骏马——你们给予我的太多了。是的，我和我的同类该变得何等洁净，才配与你们为伍，才配走到你们身边。”

然而，随着工业化的到来，现代化的进展，以及某些不可控的外力因素，一些恶果产生了。张炜呈现它们，抨击它们，本质上并不是因循守旧，拒绝改变，而是在问责人类的自私、功利和短视。

“往前走，红色的尖顶别墅出现了，会享受的当代人并没有放过这片松林。一路上不断发现被砍伐的松树——那一刻的巨大疼痛使它渗出了泪滴。”“这个时代，好像从城市到乡村，都无一例外地丧失了欣赏诗的能力。诗人寂寞了，沮丧了，后来也就死去了。”“‘他们’已经走远了，破碎了，撕裂了——‘他们’这个词儿已经用不成了，而要分成‘他’和‘它’。”……这些文字如实地反映了这片土地上正在发生的事件，作者痛切的情感跃然纸上。

在本书的很多篇章中，我们都可以看到，张炜在万分惋惜地回望和追悼逝去的往昔，渴望带给自己的曾经的欢愉复活。这是张炜写作的初心，他的主张他的呼喊他的一往情深，尽在万语千言中。如果同学们能够因此开始反思并珍惜，便是读懂过去与现在，读懂得到与失去，读懂真纯与美善。

在一次演讲中，张炜曾说：“文学既是浪漫的事业，又是质朴的事业。文学的一生，应当是追求真理的一生、向往诗境的一生。”不妨这样理解此话含义：文学会让生命充满理想色彩，绽放璀璨光华。那么现在，就请展卷《人生麦茬地》吧，希望同学们徜徉在文学的长廊中，观众生，感万物，结伴真善美；让生命熠熠生辉，让人生的道路，越走越宽广。

CONTENTS 目录

第一辑：感　怀

第二辑：思　悟

第三辑：凝　望

第一辑：感　怀

谁在这旷阔无边的大野上耕作终生却又敏悟常思？苍穹下多少生命，多少搏动不停的角落，生生息息，没有尽头。可是土地再辽阔，她离我再邈远，我还是能把正午里坐在麦茬地里的母亲一眼辨认出来！她的雪白的头发啊，她的蓝布大襟衣服啊，我没有开口呼喊，夏日的白光已经灼伤了我的双目……

——《人生麦茬地》

小路有多少弯曲、坎坷，路旁有什么景物，我已经烂熟于心。

——《失去的朋友》

纯美的注视

自70年代末中国的艺术获得再生以来，艺术家们历经了极为独特的一个过程。这期间有复苏的亢奋，也有忧郁和消沉，甚至包括了神话般的传奇。当我们脚步匆促地跨入90年代的初冬之门，环顾往昔的朋友时，竟默默地压住了一个惊叹，仅此而已。前面是未曾踏过的一层薄霜。你收紧了背囊走过去。

挚爱和幻想、沉迷和热情，都无一例外地带来了误解和不切实际的期待。没有那么多的斑斓，也没有那么多的同志和战友，冬日终于送予了一个冷静。这对于一副燃烧着诗情的心胸、对于渴念和急切的双目，的的确确是太重要了。

作为一个艺术家，他是在茫茫的跋涉之途上仍然存在的人。我注视着他尘埃中的身影，相信他永远不会消逝。不久以前我们还期待着一条通衢要道的浩浩荡荡，现在看这种纯稚的念想多么虚妄。他一人向前走去，享受着那份孤独与骄傲。他的背影传递了一种讯息，安慰了众多的关切。

我们只是默默遥视，却无法伴你同行。

他是如此独特而真实，以至于让人感到了稍稍的陌生。他让人强烈地认定他只是他自己，是“这一个”。而通常在大街上、在所谓的“知识界”，我们看到的面孔都似曾相识。

有时，我们对于真正的奇迹也可能熟视无睹。无一例外的平庸、虚张声势的引诱，早已磨掉了我们仅有的一丝好奇心。艺术和精神之域的荒芜与堕落是这样的自然普遍，已经来不及痛心。所以当他出现在视野之中，当他在那条道路上摇动着颀长的身影时，也并未使多少人惊讶。不过真实总会显露，才华必将展示，我们于是结识了一个熠熠生辉的名字，走进了他不同凡响的艺术世界。

时代的步履有时是轻快而紊乱的，狂喜往往与剧痛接踵而至，刚刚苏醒又迎接了迷茫；绝望和呻吟，祈求和追念，一块儿积压在敏感脆弱的神经上。越来越多的“艺术家”前来告别了，这并不可怕。可怕的是同时告别了一个质朴而坚定的人生。就在这样非同一般的时刻里，我曾留意了一下他的眼睛：一如既往地专注，并且流露着独特的坦然，内心的纯美。

这双眼睛在悄悄启示：对于任何一个真正的艺术家而言，他的时代来临了。

因为他已经别无选择，他走到了一个唯有依仗心灵的年代。这样的机会并非经常逢遇的，它在一拨又一拨人面前溜掉了，但有人却可以伸手将其抓住。抓住它就是抓住了自己的历史。他已步入中年，他在这样的年纪里越来越能感悟到人生的诗意。像儿童一样满目新鲜，像老农一样终日劳作，就凭着这一份毫不掺假的淳朴，一步一步走向了辉煌。

他的艺术的魅力当然来自他这个人的魅力。与他在一起，你会发现生活原来仍然兴味盎然；作为一个人，他的不易重复的“内容”、冲动的真切和幻想的烂漫，都能让人时时感受一种人性的深度。他的勇敢是具体的，他的刚直和正义也罗列在生活之中。他把这一切都凝入了诗章。

我常常在他的作品面前压抑着激动。我只是默默感觉它传递出的复杂而单纯的精神。真实的理解仅仅还一个无言，我无法阐述一个生命、一个飞跃的精灵。但我确信我可以与之沟通，用目光抚摸纸页上的润泽。

即便是萧条之季，艺术界也仍旧拥挤不堪。由于诗的境界需要心领神遇，所以这儿也极易混迹。招摇的骗子衣冠楚楚，只无法掩去笔下的粗鄙。对于一部分人而言，具有残酷意味的是艺术需要才华，还需要一种道德基础。有的隐匿下来叮蛀艺术之树；有的逃窜了，却依然留下一丝狐臭。正是在如此的情势之下，我愿意给予真诚和艺术双重的赞美。

相信这样的历史：喧嚣遮不住沉默，夜色里闪烁着目光。在恍惚和盲从的潮流里，人的心性仍在追寻原则。

我由此面对他和他的笔声声自问：我听到了什么、看到了什么？我接受了什么、又为什么而怦然心动？当然不仅是灵性与才情，也不仅是色彩。它让我难以诠释。好像技术性的深刻已经消解，一片斑斓也在远逝。逼近了的只是人的力量与自尊、他的不屈的证明之心、对美的忘我的追求探问。他似乎在求得一次理解，去包含人生的全部奥义……对于他和我而言，原来这会儿美是一种原则。

在诸种艺术之中，诗同样极易与凡俗融合又极易与之隔膜。当它褪掉了血性时，也就流入了凡俗。诗人仅仅是使用语言的战士。所以从战士的角度去揣摩，就不难读到他的纯粹和痴迷、他的燃烧的激情。

我一次次地展开他的书，并深深地知道：我展开的是一个战士心灵的长卷……

1992年12月16日

秋夜四章

一

我曾经是，现在依然是这样痴迷于这条河。它牵动着我的全部思绪，是我的向往，我的动力，我倾诉的源头……

芦青河在胶东西北部小平原上。我在河边，在这个可爱的地方生活了十余年。后来我就离开了，到山区、到城市……再也没有遇到比那儿更好的地方——我是指那儿的美丽自然。芦青河穿过小平原注入渤海，河两岸有平展展的原野，有密匝匝的林子。大约因为河水的滋润，一切都长得那么茂盛——还记得那一片片丛林、稼禾，浓绿浓绿，真正是苍翠欲滴！除了一些特殊的年头，这儿极少有歉收的时候，人勤劳，土地也太肥沃了。总之，河两岸出奇地美丽，也出奇地富庶。

我一个人生活在外面，常常思念母亲，思念故地。思念故地和思念母亲的心情是一样的。我是带着深深的思念，拿起了一支笔。我爱小平原，爱海，爱芦青河，爱密匝匝的林子。这片土地给予我的，将让我永远感激。

我厌恶嘈杂、肮脏、黑暗，就抒写宁静、美好、光明；我仇恨龌龊、阴险、卑劣，就赞颂纯洁、善良、崇高。我描写着芦青河两岸的那种古朴和宁静，心中却从来没有宁静过。比起美丽的自然，这儿的人应该更好一些。我常常想：世界上如果全是善良正直的人多好啊！生活在前进，有好多伟大的目的，其中之一，就是不断剔除那些丑恶的灵魂。我痛恨那些工于心计、不择手段骗取利益的人；当我在生活中产生一些卑微的念头时，我会同样瞧不起自己……

我深深地爱着河边上那些心地光明、美好、坦荡无私的年轻人。我羡慕他们。他们是我的理想和向往。我寄希望于他们，以抵御心头的沉重。“人类”在我眼里应该是这样：女的，没有一个不是伶俐秀气；男的，没有一个不是英俊端庄！他们都身心健康，挺拔向上，不由你不去爱慕，不去讴歌。那时将有一种力量驱使你，让你把他们从一个褊狭之地介绍到更广大的世界里去。我十分痛恨自己软弱的笔力！我总是羞于回头，不敢细看已写下的文字，它们是如此软弱、笨拙和幼稚……

我的创作之路大约还很漫长。但我现在首先想到的还不是创作。我在想怎样认真地、好好地生活下去，怎样永远和人民站在一起——如果这样做了，就什么都有了。

现在主要是感激，再也没有什么比一种感激的心情更能帮助我、支持我的了。我感激什么？

感激很多很多，但我说不出。

1982年10月15日

二

从写第一篇作品到现在，转眼已过了十多年。十几年来，我在文学之路上艰难地行走，其中有很多欢愉，也有很多焦虑。

我现在觉得，人活得真累。每天要做好多事情，也要为好多事情担心。我们面前的道路那么遥远、有那么多弯曲和坎坷……我思索着，一边用笔记录着身边的生活、记录着我所能看到和想到的小小世界。

我曾经天真地想象着一种愉快的日子，一些很好的人，满怀深情地回忆童年的事情。我记得最清晰的就是芦青河，这条故地的河流，使人浑身灼热的河流。雨天、雪天，渔人、小船。河上独木桥，用最老的柳木做成，滑腻腻、湿漉漉。大雪蒙住河水，河冰又被水流击碎……但这毕竟是记忆，童年的记忆。童年还进入不了另一种生活，还无法理解成人们为生存而投入的搏斗。

我仍然在写芦青河，但我现在很少写童年的河了。我加入了成人的行列，用成人的眼光去看河水和小桥了。我要告诉我的朋友：那里的人告别了一种生活，开始了另一种生活。可他们远远不是在欢笑、在幸福，因为我知道那片土地已经有了太多的痛苦，并且这些痛苦今天已经难以根除。生活像一驾满载的马车行驶在泥泞的道路上，前进是前进了，可是留下了多么深的辙印！两个轮子有时简直像犁，翻开了地上的泥巴，露出了又一层新土。车轮在呻吟，辐条在颤动，一路就这样移动下去。那些难言的痛苦和磨难啊，他们向谁诉说？他们如何呻吟？

记下辙印，捧起泥巴，倾听颤动的辐条和车轮的呻吟，是因为太爱了——无望而无边的爱啊！

人们生活下去，永不妥协。活着很累，但大家从来也没有像今天这样活过。而且要活得有力量，活得充满信心。

就是这样一代一代、一天一天地迎送日月。

1984 年 8 月 10 日

三

在墨一样的夜色里，我的思绪游荡不息。在橘红色的灯光下，我的笔挥动不止。远处的山色淹没，星光隐去。这又是一个长夜，一个很美的、很内向的夜。这样的夜晚无声无响，只有露珠在草尖上凝聚。

像是在写一封长信——它没有地址，没有规定的里程，只有遥远的投递、叩问和寻找。给远方的人，远方的心灵。他们在这个夜晚，在山的那一边，向我注视。他们目光的重量压迫着我，让我呼吸变得轻轻的。我把一声声问候藏在了心里。啊，山的那一边，海的那一边，你们的目光；还有，云后的星光，一齐闪烁的眸子……

没有缘故的留恋与盼望，思念，焦渴，等待。你在十年或百年之后看到的这篇文字，会若有所思、会怦然心动吗？时光的奥秘、心的奥秘、生命的奥秘，它们堆积着，诱惑着。

秋天的落叶刚刚飘下一片。这夜色温温的，掬得起如同静水。沉浸着，任它漫流。

1985 年 9 月 19 日

四

当拿起笔来时，又一次觉得无言。因为滔滔不息的激流已经洗去了涌来荡去的话语，词汇如屑，飞溅了，无有踪影了。我将如何诉说，如何询问和回答？我的千头万绪的牵挂和迟来早去的觉悟啊，我将如何诉说？十年前我曾说过：

每个人都有他自己的生活，各式各样的生活；每个人都不同程度地探索了生活的意义。意义在哪里？意义在于生活着，或者是生活过。我的笔写下了字，我的眼睛看到了，再告诉自己的心灵。心灵因此而愉快起来，我就再写下去。这是一个美丽的圆圈。无数的看不见的圆圈在旋转，无数的运动世界。每个世界都有它自己的秘密，鲜为人知。渴望了解，渴望融化秘密，是人人都有的一种欲望。小心不知大心，小年不及大年。写成一本书，让它到人海里去碰撞，如此而已。我的意愿就包含了我的全部希望。人还年轻，可是生活老了；生活正年轻，可是人却老了——我们就是这样尴尬。但活着就要好好劳动，好好过日子，这恐怕是没有异议的……

而今天我将说：

我是不息的春水，我是不倦的浪花；我是每年都融化的冰，是适时而至的讯息、风和潮涌。我是明天，是再生和永生，是永远，是泥土和大漠，是滋生和长绿……

我是声音。

1986 年 11 月

失去的朋友

每天夜晚，我都在市郊的一条小路上散步。即便是雨天，我也要撑着雨伞出去走。从前一年的中秋节之夜走起，一直走到今天。

小路有多少弯曲、坎坷，路旁有什么景物，我已经烂熟于心。除了深冬和初春外，这总是一条绿蓬蓬的路。而且这还是一条寂寞的路，因为人们都不愿到这偏僻的地方来。

一路上要过两座小石桥、看到一排茁壮的青杨、一棵孤独的黑榆和一棵加拿大杨。还有一处1958年兴建的、如今早已废弃的小小水电站。伴路而行的水道、土崖、茂长的草、笨拙的刺猬……一切在我心中都是活脱脱的。我可以听到它们的心声。

土崖上有两个土洞，我判为獾洞。看不出是否有獾居住，我就在洞口塞了一把草——第二天晚上，我看到原来塞实的草被一个灵巧的躯体旋成一个圆空。我很愉快。

第二座小石桥边不知怎么长着一株极其旺盛的曼陀罗花。它硕壮繁茂，大朵的白花在黑夜里熠熠生辉，让我一时目瞪口呆。我简直认为它是在一夜之间突然生出并长大的。那天夜里我在桥边久久伫立。

它四周没有杂草，是光洁的沙土，这儿只有它自己。浓绿绿乌油油的叶片，粗而亮的茎秆，一切都大得旺得惊人。这是小路旁的一笔重彩。

我回忆着以前见过的曼陀罗花，不记得有这么大的。

后来月亮出来了，我嗅到了一朵朵白花播散出的神秘的香味——我想月光如果有气味，也该是这样的。

从此每一次散步，我都在一开始想：一会儿，过了桥，就该看见那株曼陀罗了……

从夏末到深秋，天气越来越严肃了，树叶终于飘落纷纷，可是那株曼陀罗仍然白花耀目。

有一天晚上——像往日一样的一个晚上，我走到了小桥边，突然感到异常空旷。我揉了揉眼睛，这才发现它不见了。不，它被刨过，枝叶花朵全散在地上。

它早已是我小路上的一个挚友……然而它永久地消失了。

1989 年 10 月

人生麦茬地

多么熟悉的情景，动人心弦。我只是轻轻一瞥，那图片就在心中化作了永恒。雪白的、强烈无比的阳光灼伤了我的双目，让我再也不要触动这一幕吧，尽快把它忘却。

可是这能够吗？

一个从无垠的原野上走来的人生，忘得掉炎炎夏日里，那一片接一片的银亮麦茬，像电光一样闪烁的麦茬？土地焦干烫人，没有一丝水汽，如果有人划一根火柴，麦茬地就会一直燃烧到天边。土地烘烤出人的汗水，给自己解渴。人的脸像土地一个颜色，汗水还是不停地流出来。肌肉干贴在骨骼上，生命之汁已经剩下不多了。夏天，多么漫长。在这个滚烫的季节里，老人无声无息地劳作，一天接一天坐在地里。他们要熬过什么，或者，他们在期待什么？

母亲生下了健壮的儿子，儿子穿上小背心到更远的地方去了。她亲手播下种子，看着稚嫩的青苗破土、长旺，看着它挣扎出寒冷而枯燥的冬天。儿子回来吧，回来吧，这个世界怎么总要把儿子引诱到远处去？一想到儿子，她就联想到返青之后的麦苗。这个世界的年轻人不知忧愁地跳跳跃跃，那都是让血脉顶的。年轻人的世界火火爆爆，老年人的日子死寂无声。人老了，知道前边的日月是什么样子；人年轻，就不晓得以后的岁月是什么光景。其实一茬麦子与另一茬麦子总是差不多——麦茬的颜色一样，也同样在夏日里闪亮耀眼……儿子啊，在外面奔忙的儿子啊。

日当正午的时候我还不愿回去。我也没有寻找一片树荫。这片土地太大太大了，我僵硬的双腿不愿挪来挪去。丈夫没有了，他埋在这片土里——很多的男人女人都埋在这片养活了他们的土里。谁将来也是一样。麦茬哟，像针一样刺我的手和脚，我的长了厚茧的皮肤都受不住了。我把散在垄里的穗子捡起来。这麦秸在阳光下刺眼亮，我不得不眯起双目。饱含了盐的汗水顺着深皱流进眼窝里，我一遍一遍去擦……远处有个百灵鸟，它不歇声地叫，它有了什么好事？

一个女人到了八十多岁会想些什么？年轻人永远也不明白。他们会以为她对一切都无心无绪了；或者相反，像个孩童一样易喜易怒。他们错了。母亲老了的时候简直丰富质朴到了极点。她越来越离不开土地，与泥土紧紧相挨，仿佛随时都要与之合而为一。她举手投足间都流动着天然纯洁的韵律。一双手挨到麦茬上，像抚摸婴孩的毛发。这时候她的眼睛已经昏花，能够准确无误地拿到麦穗，大半是依靠一辈子积累的物感。一个乐手去触动弦上的音阶，哪里还需要依赖视觉呢。

这是生在泥土上的女人。

生在另一些地方的女人是另一种母亲。她们的手虽然苍老却依然柔软，食指常常充做奶嘴儿让婴孩吸吮，慈祥的脸上溢满欢欣。如果她看到一位同等年龄的老人坐在麦茬地里，就带几分天真蹲下来询问。她们之间简直无法交谈，各自揣着自己的人生沉默下来。分离时，柔软的手攥住粗硬的手，泪水在眶里旋动……远处的百灵鸟一连声地叫，这个炎热的夏天，你有了什么喜事？

麦茬间的另一种颜色，是绿色的小玉米苗儿。一茬让给了另一茬。庄稼，这就是庄稼。谁熟悉农事？谁为之心动？谁在这旷阔无边的大野上耕作终生却又敏悟常思？苍穹下多少生命，多少搏动不停的角落，生生息息，没有尽头。可是土地再辽阔，她离我再邈远，我还是能把正午里坐在麦茬地里的母亲一眼辨认出来！她的雪白的头发啊，她的蓝布大襟衣服啊，我没有开口呼喊，夏日的白光已经灼伤了我的双目……

我的母亲，我的母亲。

我的兄弟呢？我的姊妹呢？我的可爱的朋友乡邻亲友，你们哪去了！你们也来看看我的母亲。我跪下来，双手托起她的胳膊，把微微颤动的拐肘捂在掌中。我为她按摩舒展硬硬的手指骨节。母亲已经不像过去那样爱说爱笑了，脸上木木的，看我像看一个陌生人。我伸手梳理她稀疏的白发，为她摘掉沾上的一根麦草。“孩儿孩儿，我的孩儿！”她嘴里一叠声呼叫。

正午的阳光把原野晒出了紫烟。母亲的后背贴紧了汗湿的衣服。我问她什么时候来到麦茬地里？已经坐了多长时间？……她不作声，像没有听懂。停了一会儿，她从那个盛满了麦穗的柳条篮子底下，翻出了一块焦干的锅饼。锅饼按在我的嘴上，它像石块一样坚硬。“孩儿孩儿，我的孩儿！”我张大嘴巴咬住了锅饼。

母亲笑了。

我的儿子从天边上飞来了。好孩子，你看脚底下的粗壮麦茬，就知道这是个好夏天。你再也不用担心春天的事情了——那时节花开草绿，渠水噜噜响！你爸离开时是个春天，那样的春天再也不会有了。我嚼了榆树叶儿往他嘴巴里抹，一下一下他都咽了。他的眼神亮晶晶，我想他会好好陪伴我。谁料到第二天早上叫他不应，他去了！我的好孩儿，你妈硬是让这眼神给骗了——他去时我连个准备都没有。

你走到高山上、大海边上，走上千里万里，也不会找到这么肥的一片土地。这里值得你做一辈子，值得你安下心生个娃儿。你走了，走得无影无踪，连小木板门都没有关严。我的孩儿，你长大了，大腿像屋梁那么粗。可我就觉得你才刚刚摘掉奶头，唇上沾了奶水。人都是这片泥土的孩儿，他们说到底都是趴在那儿喘息，吭哧吭哧咽下吃食。人不能吃饱了肚子，一抹嘴巴就跑开。

她在儿子手腕上惊讶地发现了一块表。儿子告诉她到了正午。她疑惑地盯着指针——指针没有指向太阳，怎么就是正午？可见这是块骗人的表。她往前挪蹭，去寻找麦穗。麦穗无一遗漏地给逮到了篮里。灿烂的、浓香四溢的收获激动人心！要知道它原来准备藏在土里，像黄金那样一直藏着。可是一个精细的女人来了，来把它们取走。

百灵鸟叫着，它为什么欢乐？

它的小小慧目能透过时空的栅栏，望到几十年前蓖麻林里的少女吗？那时候她穿了火红的衣服，引逗一个百灵，又折了蓖麻做成一支绿笛，呜啊呜啊吹不停。她的头发上插了枝美人蕉花儿。百灵想把花儿啄下来，她就歪头一下一下躲闪。

有个长腿汉子气喘吁吁地站在林子边上。他透过林隙盯着她的眼睛，咬紧牙关。百灵把花儿趁机啄下，交到男子手里。百灵笑了，脆脆的声音响彻云天。

他们一起坐在了麦子地里……麦子熟了，他们的头发和麦秸一块儿白了。唰唰割掉麦子，留下一片无边的麦茬。她坐在阳光下，让头发与麦茬一齐闪耀出光亮。

儿子与母亲分吃一块锅饼。后来，儿子取水去了。“渴啊！多么渴啊！”百灵用粗嗓子喊了一句，飞走了。

老人又一次撩起青布衣襟去擦脸。她的脸被遮住了，像为自己的突然衰老感到羞愧似的。

——我只是瞥了一眼，再也没有转过脸去。就像脚踏着锋芒向上的麦茬一样，我小心地、一声不吭地离开了。但我一辈子也忘不掉这一幕。我在心中默念着：麦茬地！

1989年2月8日

水　手

一

一个作家当过水手，让人羡慕。他在大海上漂泊了多年，去过好多国家，见过的东西也多。生活对他这样的人好像就显得简单一些。他过日子大概不难，整天乐呵呵的。他多少有点流浪汉的气派，谁也唬不住他。他也不唬别人，并不整天谈外国。他的作品总写到外国、外国的人。一个人老实本分，当了作家也还是原来那样，只是不停地劳作，所以作家之中出一个水手都很高兴。他自己也轻松愉快，风度翩翩，似乎从来没有累过。人需要这样的朋友，文人需要这样的文友。整天忙，搞事业，思前想后，日子过得有些糊涂。跟这样的朋友谈生活，胸襟格外开阔。他把人的思绪领到海上，什么烦恼都被海浪冲洗得一干二净。他人走了，不由得就要去读一读他的小说。看看这些关于海的故事，一篇篇都新鲜有趣。人们夸奖农村题材的作品常说透着泥土的香味，今天读他的作品一定要说嗅到了海的腥咸。一个没有搏击过风浪的人无论如何也写不出这样的东西。那么质朴，那么真切，又那么惊心动魄。战胜风暴、船入台风眼、寻找尊严、美妙的海上月夜、迷人的异国恋情，什么都写到了。色彩斑斓，摇曳多姿，比一般的小说到底好看些。读过了他的东西想一想，他就是告诉了人们一些新奇的、新鲜的故事吗？好像远远不是，远远不止。读得多了，咀嚼品味，会觉得沉甸甸的。他原来也有忧虑，也有苦难。他也在思索。他把这一切编织到故事中。他当水手那么多年，到过几十个国家，去过著名的城市如休斯敦、新奥尔良、纽约、费城、汉堡、阿姆斯特丹、安特卫普、康斯坦萨等，穿行过巴拿马运河、苏伊士运河，这样的人什么酸甜苦辣没有尝过。与他放开谈，会丰富和加深原来的一些印象。他说世界就是一面镜子。在一条由很多国家的水手组成的大船上，要发现不同民族的特点和弱点容易多了。他在那样的船上工作过，每月挣七百美金。这个民族的水手都挣这么多。而当时世界上雇佣水手的工资一般要一千美金以上。全新的生活，全新的世界，他谈起来就激动了，来了义愤，来了自尊，来了英雄气概。他的话是可信的，可以窥见一片赤子之心。他在思索，为人的不幸感到屈辱，为人的聪慧感到骄傲。更多的是焦灼不安，是一个好男儿的急切之情。这一切于是化为一层厚重的底色，铺展在他的全部作品之中。这才是他的海小说真正动人之处。缺了这些，也许就什么都没有了。缺了这些，他就真的变成一个唬人的人了。作家的可爱之处也许就是那么一丁点儿真诚，连这个也没有，必定会发出酸气。他坦荡、诚实，水手的气味很浓。他能喝酒，能抽烟，豪气十足。可是一切都比较自然，不给人夸张之感。这也如他的作品，写大风暴、大欢闹，都很自然。可能是太熟悉了就不好鉴定作品了吧，总觉得他写海写得好。他写外国人写得也好，蓝眼睛白皮肤，楚楚动人，就如同站在面前一样。他经历过真正的风暴，到过好望角。这些经历他有过，不知心里看重到何等程度？大多数作家一辈子也没有这样的机会，也不愿去寻找这样的机会。他是多么幸运。怕就怕草草地写一遍，但就目前看用不着这样担心。潦草的时候也有，但不多。他是个豪爽人，但不是个潦草人。有特色的生活写出来当然好，但不能被这样的生活引入歧途。为写新而求新，愿道闻所未闻的故事，结果就成了故事大王。严肃的、并非虚张声势的海小说正在这个水手的笔下出现。水手应该写出好的海上生活的小说，小说也应该让人想象出一个水手的不凡经历。如今的人越来越聪明，文坛上的作品那么多。写作当然要用脑，但更应该用心。用心写作的人好像不那么多了。观察那些用心写作的人，他们衰老得都很快；但他们又永葆青春。那富有情味的一瞥，那极其特别的一个玩笑，多像个孩子。执着地探索下去，这样一生。要紧的大概不是一直写海，而是一直用心去写。写什么都行，天南海北，知难而进。

1986年1月7日

二

真正的作家天生应该是个水手。这使我们想到了写出《白鲸》的麦尔维尔，还有搏击在密西西比河上的马克·吐温，以及那个硬汉杰克·伦敦……他们都有过水手生涯，一生都在生活的激流中搏斗。

长长的流浪，无边的海洋或漫漫的大河，水声，涛涌，遇险与生还。这一切都与文学的壮丽、传奇的声响交融在一起，难分难解。

作家是思想者，记录者，也是个浪漫的儿子。他天生应该是长于行动的人，而不仅是思想，是精神的漫游；即便躯体也要在这无边无际的世界上流荡才好，让冰凉的水流冲洗他，直到拍击冲刷出那难忍的欢乐和痛苦的歌声。

真正有个水手名分的总是极少数。可是他们要有水手的实质，有那样的情怀和向往。不然，即便真的吃过甲板上的饭，也不过是个乘船的人，改变不了骨子里的平庸气、小地方人的褊狭嫉恨。人一生下来就脚踏着一块甲板，区别是有人能迎着风浪始终站立，而有人不得不趴下，四肢并用。

这块陆地眼下已是从未有过的颠簸和摇动，随时都会在击打挤压下碎裂。人哪，甲板上的人哪，不要因恐惧而逃遁，不要呻吟和出卖，不要背叛，不要放弃。同舟共济吧，生存着，互助着，同情着，英勇着。

水手啊，人类的水手。

水手护住了女人和儿童，护住了所有的母亲和未来的母亲。他们为孩子揩去泪痕，为老人披上寒衣。这艘拥挤的船已不堪重负，龙骨发出了咯咯响声。水手坚持着，准备着。他们默默自勉，那一刻来临时，他们将奋不顾身。

是的，那些险奇的经历也许常常是止于幻想。这样也热血奔流。到遥远的地平线的那一端，把挚爱的生命系到纤若发丝的什么上，让其颤抖和惊惧。生命在这一刻变得光焰四射，璀璨绚烂了。疯狂的浪涛拍过来吧，拍到胸膛上、脸上，把桅杆打折吧。

世界变大的一刻，人就变小了。不再为一己的荣耀而惴惴，不再为眼前的虚幻而激越。真实的存在、揪心的痛楚，这些都要伸手抓住。要有勇气面对它。它们是我们自己、是我们的。我们也会化为它们。从这一刻开始就学会了藐视，学会了嘲笑，学会了安定。

在浩渺的水波面前，人还剩下了什么？

剩下了知性和自尊。那就紧紧地拥有它吧。

人如果失去了它，就将一无所有。无限的大对无限的小，无限的沉默对无限的喧哗。这种尴尬让一个人感到了，他才能开始告别童稚状态。

作家处于童稚状态是可怕的，也很可惜。这种“童稚”绝没有真正儿童的可爱。这是不堪一击的软弱和浅薄无知，是人类甲板上的多余人。

被腥风苦雨洗刷过，踏上岸，大地也在摇动。真正的水手四处张望，寻觅自己的故园。到处都是一片汹涌，是呼叫和啸动，是未知的深度和难测的定数。

人的命运之核，曲折之水——人能够感知的有多少？目击的有多少？真实记录的又有多少？作家，像水手一样的作家啊，他们手中握住的不是一支笔，而是命运的桅杆。

桅杆被打碎的那一天，会化为屑末漂浮。但总有一支迎着潮涌挺立的桅，它将驶向地平线，在永恒的太阳下闪出金色。人的光荣凝聚在上边，人的尊严也凝聚在上边。

水手啊，人类的水手。

三

当过水手的人不一定能完成那个向往：一位作家。而真正的作家的确会拥有水手的兴致。在这个狂想和梦呓交织的嘈杂世界上，各种垃圾正铺天盖地地堆积。

可是水流仍旧像世纪之初或更遥远的记忆中的时世一样，滔滔不绝。水流就这样平淡无奇地冲去了垃圾。水是洁净的、温柔的，也是无情的。在这世纪之水的分扯之下，什么都分崩离析了，只留下了一个个属于水手的岛屿。

它们孤零零地立在那儿。天上的浮云与之对应。

水手啊，人类的水手。

1995年4月22日

父女对话

（女儿：十六岁，高一，顽皮而现代；父亲：四十七岁，档案馆员，冷静而热情。母亲要在国外进修两年，父亲自觉一个人带女儿不易，责任重大）

一

女儿：老爸，你自己吃吧，我得……

父亲：不行，你坐下。你得好好吃饭。你坐下。

女儿：哎呀，烦死人了。你什么也不知道！

父亲：我什么都知道。你是奔着电视去的。总有一天我得把这电视砸了。

女儿：烦死了烦死了。你什么都不知道！

父亲：那你能不能告诉我？你急着干什么？你胡乱吃几

口就……你已经多次这样了。这样身体很快会糟的……

女儿：我不听我不听，你啰唆什么！

父亲：你坐下！你给我说说，你为什么这么急？越来越急，连饭也不能好好吃，你到底怎么了……

女儿：你还有完没完？真是烦死了……

父亲：天哪，我早晚得把电视砸了。真的，我得把它砸了。

女儿：砸吧。砸了再买，再说电视哪儿都有！

父亲：我得把电视砸了。我真得把它砸了……

二

父亲：孩子，今夜月亮多好！你妈妈她……想妈妈吧？

女儿：不想。

父亲：不，你故意这样说。

女儿：真的不想。想什么，她在大鼻子那儿过得肯定比我们好。

父亲：未必。外国也不是哪里都好……她现在一定在想我们。

女儿：你得了吧。外国多棒。你什么也不懂，不给你说了。

父亲：孩子，我们这会儿——这个夜晚多好——我们能不能好好说一会儿话？

女儿：什么“夜晚多好”啊……你不是说要抓紧时间学习吗？说话，你什么都不懂。好吧，说就说吧！

父亲：我不懂，不过你说的“外国”指哪一国？外国还要分三个世界呢……我也去过一些国家。

女儿：那也没用。反正外国比我们好。

父亲：我们暂时不争了。孩子，咱们已经好久没有好好说说话了，真该好好谈一谈了。我昨晚上做了一个梦，梦见我们俩坐在桌子旁，对，就是这张桌子……我们谈啊谈啊，谈得非常开心……

女儿：可笑。

父亲：我们在探讨许多问题，你问，我答；当然有时候反过来……

女儿：可笑。

父亲：孩子！别这样——请别这样！你这样会让我难过。我真难过。你是我的孩子啊，我们为什么，到底从什么时候起不能谈话了呢？你能告诉我吗？

女儿：看你这个啰唆！你要谈什么就谈吧，不过我还有要紧事儿呢。你谈吧，快谈啊——你怎么还不快谈啊！

父亲：我……已经……我在想那个梦……

女儿：你说烦不烦死人！你不谈我就走了。

父亲：……走吧！看来我们只有在梦中才能好好交谈了。走吧，快走吧！

女儿：可笑。

三

父亲：孩子，我想和你好好谈谈了。我觉得再也不能这样下去——你的班主任说了，她说你的功课越来越差……

女儿：什么？她跟你胡嚼什么了？你信她的？

父亲：其实她不说我也知道。你这样怎么会学好功课——你耽误的时间太多了，深夜两点以前没睡过……

女儿：你知道我有多少作业吗？

父亲：知道。可是你还搜集了那么多歌星影星的图片和歌带，这要浪费多少时间。

女儿：图片、歌带，哼，我还是全班最少的呢！有些是我借同学的，还要给人家——摊上你这样的家长真倒霉！

父亲：你说什么？

女儿：有些图片找不到了，肯定是你偷走了——你偷了没有？我还没问你呢！

父亲：你怎么能这样想爸爸？

女儿：家里只有我们两个人，你说我的东西哪去了？

父亲：我的孩子，你真让我难过……

女儿：我更难过！我丢了东西。

父亲：我的孩子！我真难过……

女儿：你这样说也没用。再这样我就要打110——我真的会打！

四

女儿：怎么老爸，昨晚又做梦了吗？

父亲：真的做了——我睡眠不好。

女儿：又梦见我们在桌边坐着——在好好谈话？

父亲：孩子……

女儿：真可笑。

父亲：我不希望你叫我“老爸”。爸爸就是爸爸，我们这儿就是这样叫法。你是跟电视上学的——我不喜欢你这样油腔滑调。

女儿：我喜欢。你不高兴就别应声好了——我们以后干脆别说话好了。我就烦听你唠叨。

父亲：还有“哇”“酷”“帅哥”——我都不喜欢。我不喜欢自己的孩子去学这样的腔调。这不是我们的话，这是港台电视剧上的。你学他们学得太快了。

女儿：你凭什么让别人像你一样？我就是我！

父亲：太对了——你应该是你！你是我的孩子，我更知道你。许多人都足球足球，歌星歌星，追着签字，你就学会了。你怕落在时髦后面。去年你还染了黄头发，是老师逼着你改过来的。这都不像我原来的孩子……

女儿：原来，原来我还吃奶呢！你就别说这个了！

父亲：是啊，你吃奶的样子还在眼前呢，可是一转眼就“哇”“酷”，就写起了“赛场分析”——我不知道一个十几岁的女孩子能把一场足球赛分析得头头是道，做父亲的该脸红还是该自豪。我不知道。我只知道处在这种两难状态下的父亲很多。他们都很尴尬。

女儿：摊上你这样的父亲才尴尬呢！我现在一句话都不想跟你说——你听明白了！

五

父亲：你吃了饭再走。不就是一场球赛吗？

女儿：你别管了——这不关你的事儿。你不是烦足球吗？

父亲：你知道我爱好体育。我一直参加运动会——从初中一直到现在。我烦的是你们的足球。

女儿：那你就更不要管了。

父亲：听着，今天不要让那个4号签字了。他已经因为流氓滋事被警察传过几次了。

女儿：嘻嘻，这你管不着。

父亲：我要管！因为你是我的女儿，你好好听着！

女儿：你凶什么？关你什么事了？

父亲：那你今天最好别去了。我真的不放心了……

女儿：没门！你一边去吧！

父亲：你给我站住！

女儿：你凭什么？你真烦人！

父亲：我今天就要你待在家里！

女儿：那我今天死定了！

父亲：你死不了——你待在家里，我不让你去那个一块儿喊下流话的地方！

女儿：天哪——天哪——你关了门，你不知道球赛开始了——天哪天哪——我的妈呀——天哪！我的妈呀——

父亲：哭吧，喊吧。我今天让你待在家里。

女儿：我要去，老爸——不，爸爸，你让我去吧，回来我们好好谈话——这样不行吗？

父亲：……

女儿：爸爸，答应我！

父亲：……

女儿：爸爸！

父亲：……你先坐下。我答应你——不过你要先听我说几句，说完。

女儿：可是你要快……

父亲：我的孩子！我一直不明白的是，我们还是不是爸爸和女儿。我们现在几乎不能真正地谈一次——我们已经没法谈话。有人听了可能不信，但在我们家这是千真万确的事实，爸爸和女儿不能交谈了……这是从什么时候开始发生的？我晚上睡不着，一直想这个，想得头疼。我就是想不出……

女儿：爸爸，求求你了，你快点说呀……

父亲：……你长成了现在这个样子，让我有点害怕了。真的孩子，我害怕了。我想得头疼，我在想因为你，我自己该负什么责任，定什么罪。

女儿：定罪？

父亲：是的。我觉得自己犯了罪，可又找不到定罪的根据——因为我已尽了全力。我多次给你讲爷爷、外祖母——他们许多人的故事；还有，只要有可能，我就领你回原籍，还有你爷爷冤案劳改、最后死去的地方……你走过了多少村子，那里穷得多可怕，那里的人多可怜！可你只说那里脏死了——你连一点儿怜悯都没有，一离开那里全忘了……

女儿：怜悯有什么用？

父亲：先不说有什么用。我是说你会不会像人那样去——怜悯……

女儿：这又怎么了？

父亲：你听着，我，还有你的叔叔，许多人，在那些年头里没法活下去；你的叔叔自杀过，又被抢救过来……我为什么要说这些？我的意思是，别的孩子可以长成你今天的样子，你不能，你不可以！你一定要是你自己，你没有权利长成别人的样子——大街上那些人的样子！

女儿：天哪！我怎么了啊，天哪，你还有完没完啊？都什么时候了啊！

父亲：晚了？是啊，太晚了……我在说什么？我在做白日梦！我知道，我已尽了全力。天哪，我真的无法给自己定罪……我知道，我知道现在一开门你就跑了；出了这道门，就是大风了——大街上的风……

女儿：你可算开了门！天哪——老爸拜拜！

父亲：我的……孩子！

女儿：拜——拜——

父亲：孩子！

……

1999年11月9日

世纪梦想

一

我希望进入的新世纪，是中国人的一个冷静的世纪。我害怕一窝蜂地学美国、追时髦。新成长的一代应该是热爱中华文化、汲取其伟大精华的一代，不然就没有希望。商业扩张主义、封建专制主义，分别是洋野蛮和土野蛮。我们的真正的幸福，有赖于我们亲手去打造一个知书达理的社会。

摆在我们面前的起码有两大难题：自然环境和人文环境。我们要设法阻止它们的继续恶化。城市如果要充当人类日常生活的向导和榜样，那么就要有起码的优雅细腻。现在粗鲁的城市太多，不安全的城市太多。无论城市还是乡村，设法让更多的人有自己的读书生活，有衣食之怡，比培养少数粗鄙的暴发户要有意义得多。

新的世纪，人应该更多一些怜悯之心。看到一些人小小年纪心肠就很硬，我非常害怕。让人的心肠变得越来越硬的年代，是需要提防和警醒的。对于整整一个世纪、对于全世界，这十几亿人的心灵的性质，将是至关重要的。

二

在物质主义盛行的时期，人在精神上会有一种漂泊感，这绝不是一般手段所能安慰的。作为一个中国人，我从不认为言必称西方和西方文化，就会在精神上得到疗救。我们的精神的居所的主建材料，无论愿意与否，也仍然还应是以儒学为核心的中华文化。

儒学当中有糟粕，但即便是她的精华部分，也不见得让人愉快。中华文化的收敛功能，能够让我们的世界持续下去。封建专制和唯利是图的商业扩张主义，即是土野蛮和洋野蛮，就足以从根上毁掉我们，最后让我们无家可归。

鲁迅先生当年从封建礼教当中看出了“吃人”二字；而今天我们从西方消费至上文化与中国封建糟粕的结合中，看到的又会是什么？鲁迅先生当年喊出了“救救孩子”，而我们今天的孩子是什么状况？

我们对于家园的要求既不过分也不奢华，我们仅仅要求这个社会起码是适合大多数人居住的、有安全感的和知书达理的。

三

高科技给我们的生活带来了诸多方便，也带来了更多的问题。如果人类把所有的宝都押在技术上，那就太可怕了。技术把情感代替了，这就非常危险。技术的发达与伦理的高度，它们应该是平衡的。现在的世界完全失去了这个平衡。

现在的问题是人的伦理高度不够，技术主义占了上风。而我们人类历史上，比较而言，科学技术总是能够有效地得到积累；社科成果，道德伦理范畴的东西，却从来得不到这种积累。

一个没有头脑的高科技社会是地狱，而不是天堂。

世界上丧失了诗的想象、浪漫情怀，没有了人的那种非常柔和的心肠——它的有力介入，这样的社会哪里会有什么幸福，可能连生存下去都成问题。

人类不仅要有生存的权利，还要有生存下去的权利。

科技把人发现世界的能力局限化、浅表化和简单化了。人的感悟能力一旦被技术压迫，技术就走向了反面。只有人非常冷静地对待科技时，科技才会成为人类破除愚昧的辅助武器。现代科技主义也是一种蒙昧主义。

我对高科技的热情，是因为我看到了它帮助人类战胜疾病，对外部空间的开拓，等等。我对它的怀疑，是因为有人对其产生了过分的寄托和希望，这总有一天会带来灾难性的后果，无法控制。比如网络垃圾无法打扫，核威胁鲠在心头，电视衍生的大面积低俗文化——举不胜举。

越来越多的人成为现代科技的受害者，这如同越来越多的人成为它的受惠者一样。这迫使一部分人产生了过激行为，如许多家庭让孩子从根上拒绝电视和网络之类。

但是高科技的恩惠和恶果还潜藏在蔬菜、粮食等一切食物中，人总不能拒绝吃饭吧。如果说高科技让人类在毁灭中前进，那么毁灭得太快了怎么办？这个问题总得回答吧。

美国的科技高度发达一路领先，可它排放的温室气体占世界总排放量的四分之一，在世界上所有重要国家中，唯有它宣称不遵守“京都协议”——这样的“高科技综合症”不见鬼去，人类就得见鬼。

有人眼里只有应用技术。这种观念的结果就是人类社会管理全面走向非科学化，最后弄得治安恶化，资不抵债：所有收入加起来还抵不上环境污染造成的危害。

真正的社会整体化科学思维大概是：社会科学第一，理论科学次之，应用科学再次之。没有社科工作者，特别是大量艺术家、诗人来平衡这个社会强大的技术主义，我们的民族就会跟随西方，盲目走进一场危险的现代游戏中。

2000年

校园忆

1958年是一个奇怪的年代，对于后来人而言，它难以解释。比如它的荒唐与无畏，游戏与激情，残酷与悲悯，怯懦与勇气，一切复杂难言的东西都掺杂在一起。在那个大喧哗大动荡的时期，中国人的好奇心却全面焕发出来，做出许多了不起的事和幼稚可笑的事。不管对其怎样评价，有一件大好事是我们一直感激的，这就是当年的大办教育，它直接催生了我们的母校：烟台师专。

这所大学专科学校最初建在莱阳市，不久就迁到了烟台市南郊。1978年我们入校，是恢复高考的第二届学生。进了校园，马上看到的是一座座大屋顶红楼，一排排雪松。笔直的路旁除了雪松就是粗大的白杨。这里安静，深奥，美妙，似乎潜藏孕育了一种大气象。当时的校园也许不够宏大，但在我们这些四处跋涉而来的往届毕业生看来，一切已经足够好了。这所学校不久即更名烟台师范学院，校园也比原来扩大了几倍，甚至把附近的几个小山头也包了进去——现在的母校也许是国内最漂亮最体面的校园之一吧。记得有一年我陪一个四处游历的大诗人去了那里，他一进门就高声赞叹起来。

可是在我的心中，母校就是红楼与雪松，就是笔直的路和白杨树。还有，她就是那种安静、热烈、向上、质朴——这一切精神气质的综合。现在我因为工作的关系，常常要到南南北北一些大学里去，可是我觉得这些大学多多少少都有些不像大学了。我觉得现在的大学很陌生。现在的大学乱腾腾的，喧声四起，让人受不了。当然，现在的大学有现在的优势与长处，可是我们这些20世纪50年代出生的人受不了。我们只适合在老式校园里学习，在那里有一种更安全更真实的感觉。现在的大学校园里常传出各种各样的故事，都是我们不敢想象的——这大概就是时代的进步与时代的悲剧，可以用李叔同在最后时刻所说的那四个字来概括：悲欣交集。

1978年是人心思变、努力向上的特殊年代。在大学校园里，每个人都想把失去的时间追回来，每个人都在心中崇拜公认的英雄：诗人、科学家、教授、学者、作家、艺术家，以及诸如此类的人物。人们的价值标准就是这样，它和人类千百年的历史形成的相对固定的标准大体一致。当时人们还如饥似渴地学习，追求自己的目标，并且对种种刻苦的追求深以为荣。不论是深夜还是黎明，只要走到校园里随便一个安静的角落，都会遇到那些埋头读书的人：背外语单词，背古文。阅览室里总是人满为患，图书馆永远是人们最向往的地方之一。

入校第一年，我们几个有志于文学的人便组成了文学社。因为当时全校有不止一个文学社，也不止一份油印文学刊物。我们的文学社比较壮大，组成的学生纵跨三个年级，出版有最漂亮的油印文学刊物《贝壳》。当时我们的刊物与省内外许多大学文学社团的刊物交换，活动频繁。文学社的各种文学讨论会、作品朗诵会不时召开。是对文学的虔诚无私，把我们这些不同年龄、来自不同地区的人凝聚在一起。没有一个人开文学的玩笑，文学在当时是不容置疑的神圣之物。

中文系主任、作家肖平关心我们的文学活动，中文系的老师与我们一起讨论稿子。不仅是中文系，即便是化学系、英语系的学生也来参加我们的文学社。我们油印刊物的征稿启事吸引来大批稿件。当时一些在国内公开刊物上发表的作品常常为我们所注意，有时围绕这些作品还发生激烈的争论。如果有好的作品，就迅速在同学们当中传阅。学校团委常常把影响较大的小说之类油印出来，如果有人手持一份这样的打印稿，那是很让人羡慕的。记得当年有一部长篇抒情诗在全国造成很大影响，我们学校的许多活动——如在新生入校欢迎会、文艺晚会、班级文娱表演等场合，都有人朗诵这首长诗。那种群情激荡的场景至今还历历在目。

全系文艺汇演在当年是一件大事。每个班级都要认真准备，拿出自己最好的节目。这成了像春秋两季体育比赛一样的盛大赛事。学生会分管文艺的干部在汇演前要仔细考察审定节目，优中选优。一部作品——朗诵诗、话剧、歌曲，只要能够参加汇演，就是极大的荣誉。文艺干部往往是学校的风云人物，他们不是漂亮，就是伶俐过人，而且还是文学的半个权威。总之他们是学校一个时期的象征和代表。人们在回忆往昔的学生生活时，就要连同他们一起回忆。他们成了那段历史的一个组成部分。

我们学校地处市郊，不远处有一座稍大点的山。我们常常爬山。在山顶，一些写诗的同学就不停地朗诵自己的作品。山下是大片的果园，在果园里，我们开了不少文学讨论会，会上总是争论得面红耳赤。我们当中有出色的辩才，有绘声绘色的讲叙者，有博闻强识的人，有冲动起来像个疯子的可爱人物。

今天看，那时的文学和艺术似乎多了一些。但在当时它们多而不腻，并且永远清新，是灵魂深处的需要。在它们面前，人变得个性分明；有它们的牵引，每个人都积极乐观。转眼二十余年过去，生活给人如此鉴定：当年所有挚爱文学和艺术的同学，今天都成为各个方面非常优秀的人才。他们都在自己的领域里做出了很大的成绩，都始终保持了积极向上的奋斗精神。这种精神正是文学和艺术的精神，是生命的创造特性。

在许多的风气变异之中，能够始终坚持追求人类一贯追求的崇高目标、不为时尚所动者，也就成了令人敬仰的人。在人类历史中，有些价值的确是永恒的，比如文学。文学正像一切伟大的事物一样，也需要有人去为它牺牲。当一个人做出了这种牺牲，就获得了一份光荣。

在学校时，我们都很年轻，我们或许并不太清楚坚持走一种道路的艰难与险峻，但是要坚持就要付出一定的代价，这一点似乎是知道的。我们那时还没有一个人天真到把文学看成是一条铺满鲜花之路，一条攫取名利之径。我们只是需要，觉得它像光、像水、像食物。

每个人回忆自己的学生生活都会有所不同。我这儿深深记住的，是与校园的绿树红楼连在一起的文学，是一排排书籍与黑白分明的眼睛，是青春的注视和无邪的期待，是攀登的无畏和相互羡慕……是一段永远不会变得遥远的岁月，是镶嵌了金子的年华。

2001 年 5 月 11 日

济南：泉水与垂杨

如果从高处俯瞰，会发现这样一座城市：北面是一条大河，南面是起伏的山岭，它们中间是绿色掩映下的一座城郭。河是黄河，中国最有名的一条大河，行至济南愈加开阔，坦荡向东，高堤内外尽是蓬蓬草木。山岭为泰山山脉东端，覆满了密集的松树，有著名的四门塔、灵岩寺、千佛山、五峰山、龙洞等佛教圣地。

济南将始终和刘鹗的名句连在一起：家家泉水，户户垂杨。这八个字给人以无限想象，说的是水和树，是人类得以舒适居住的最重要的象征和条件。如果一个地方有水有树，那肯定就是生活之佳所。

来济南之前，曾想象过这样的春天：一些人无忧无虑地在泉边柳下晒着太阳，或散步或安坐，脸上尽是满足和幸福的神色。煮茶之水来自名泉，烧茶之柴取自南山，明湖有跳鱼，佛山有倒影，市民从容又欣欣。这样的描绘当然包括了预期，当然是外地人用神思对自己真实生活的一种补充。

来到济南是20世纪70年代末80年代初，春末夏初时节。尚未安顿下来，即风尘仆仆赶往大明湖。果然是大水涟涟，碧荷无边，杨柳轻拂，游人闲适。最让人感到亲切的是泥沙质湖岸，自然洁净，水鸟拦路。这令东部人想起了海，让西部人沾上了湿。一座多泉之城，名泉竟达七十二处。其实小泉无限，尽在市民家中院里，从青石缝隙中蹿流不息，习以为常。记得当年从大湖离开，穿小巷抄近路，踏进阴阴的胡同，一脚踩上的就常常是润湿的石块，有人告诉：下面压了泉。

而后又去龙洞山，看见了出乎意料的北方大绿：无边的山地全被绿色植被所遮掩，放眼望去几乎看不到裸石和山土。怀抱粗的大银杏树、长达十丈的攀崖葛藤，让人触目叹息。正是秋天，径湿苔滑，野果盈怀，采不胜采。耳听的全是野鸡啼山猫号，一仰头必有大鹰高翔。守山人比比画画说山里有狼，有银狐和豹猫之类。最难忘一只猫头鹰大白天蹲在路边，让人抚了三下光滑的额头才怏怏而去。

由于济南以前曾有德意志人染指，所以留下了一个著名的车站广场钟楼。这座钟楼与另外几处历史更久的大教堂一起，给古老的城市添上了异国情调，于对比中调剂了人的口味。苍苍石色和高耸的尖顶，记录了异国人的智慧和美。这是一段特殊历史的见证，见证了国势的羸弱而不是开放，但它的美不仅是客观的，而且还无一例外地同样凝聚了劳动人民的智慧。

看过了自然与建筑，再听戏曲，听当地最为盛行的吕剧、说书和泰山皮影。湖边说书人使用的济南老腔，厚味苍老，直连古韵，听得人颈直眼呆。泰山皮影则有专门的传人，属于视听大宴，特别入耳入心的是老艺人略显沙哑的泰山莱芜调，说英雄神仙和妖魔鬼怪，如同畅饮地方醇酒。与这一切特别匹配的就是泉水和垂杨。

这种初始印象既是确切的又是新鲜的，它一直会留在心中作为一个对比，并作为一个记忆告诉未来：这就是济南。

近三十年弹指而过。如今济南高楼林立，垂杨尚可寻，名泉迹犹在。钟楼渺无踪，皮影留泰安。仁者爱人，不爱人就会杀树。三十年来，爱树的济南人顽强地护住了湖边垂杨，虽不再“户户”；力促干涸的泉水重新喷涌，虽不再“家家”。这就是一座城市演变的历史，这就是现代工业化中的进与退。

如果仍然给梦想留下了空间，那么这个空间里最触目的仍然也还是那两个老词：泉水——垂杨。

2008年4月20日

如果仍然给梦想留下了空间，那么这个空间里最触目的仍然也还是那两个老词：泉水——垂杨。

——《济南：泉水与垂杨》

第二辑：思　悟

你是否有过这样的经历——躺在丛林草地上，或者绿树掩映下的一片洁白的沙子上，静静地倾听着什么？身边好像什么异样的东西也没有出现，又好像一切都经历了，通晓了。原野的声音正以奇怪的方式渗透到我们的心灵深处，细碎又柔和，又无比悠长，漫漫地，徐徐地，笼罩了包容了一切……

——《你的树》

它写了俄罗斯莽林，写了猎人和林中各色居民的生活，更写了无数的动物。

——《携一本书游走》

怀　念

一

那一天深夜，我从很远的山地回来。像过去一样，我每一次返回都要首先到你的住处去。我悄悄地走近你，怕惊醒了你的安睡。

我蹲在你的身边，抚摸你。我试图在你的躯体上找到永不消失的温暖。可是这一次我落空了，我伸出的手什么也没有碰到。你的小窝空空荡荡。我的手像触到了冰块或赤铁，猛一下缩回。

我把背囊放下。

我立刻去找他们，询问你哪里去了？他们互相对视，就是不能回答。我感觉到了什么，急得跺脚。他们不得不告诉我，你是不久前死去的，是被枪杀的。

射击你的人藏在暗处，而你在明处。那一刻你正抬头遥望南山，望那一溜淡绿色。我想那个时刻你可能正盼我归来。你正在怀念中，他们就开枪了。

这是世界上又一次丑恶的暗杀。

就这样，仇恨的种子在心田里播下，它一次又一次萌发，让人不可忍受。

回忆中，我们没有讲过多少话，因为我们存在着语言障碍。你操着一种我几乎完全不懂的“外语”。在这个星球上，没有一个人使用你的语言，可是你的语言实在不失为一种美好的语言。它配合你的口型、动作，特别是你的双眼，就有了丰富的感染力。那是一种长于表达的语言。

我从十几岁起就与你形影不离，你理解我的一切痛苦、一切欢乐。有一段时间我失学了，一个人在海滩上游走，像个鬼魂。一天，我正在沙岭上站着，望着灰蓝色的海。起风了，浪花簇簇，没有船，也没有打鱼的人。那一刻我难受极了，恨不得立刻融化在那片渺茫之中。就在这时，我听到了细碎的脚步声、轻轻的哈气声。猛一回头，原来是你站在我的身侧。你正仰脸看我，满脸慈祥。这是一双女性般的美目。

我记得朝你点点头，你走过来，脸颊贴在我的腿上；后来温热的嘴巴又对在我的手背上。你轻轻地吻我的手。我蹲下。我们靠在一起。你一会儿就把头颅挪开了，在离我很近的地方，一动不动地看我。你在默读面前这个人，他的不幸的童年。

就这样，你读懂了我，我的满腹心事。接着，你的身躯轻轻抖动，然后又是用力地抖动。你挨紧了我，再一次用温热的、让人不能忘却的温唇，触动我的脸颊、手背、全身。

你仿佛在提议我们继续往前走，于是我们就沿着沙岭一直向前。

这一天我们一直走到黄昏，一块结识了那么多花草和树木，还有飞在空中的小鸟，一只鹰，草地上的几只野兔。你和它们打着招呼，非常友好。我们就这样站一会儿走一会儿，结束了这一次旅行。

回到住处之后，我的心情好多了。我没有了那种绝望的情绪。

接下去的岁月，无论是高兴的时候、沮丧的时候，我的身边都有你。我们互相倾吐心事，用不同的语言猜测、分析，一切能够交流的方式都借助了。我相信我们已经心心相印。在这个总是让人觉得陌生的世界上，我们俩真是一对患难与共的朋友。我没有发现比你更美的生灵。

就出于对这种美的嫉妒，有人开始诽谤你。他们暗藏杀机，总想办法除掉你。当我明白了这种残忍和凶狠之后，震惊得一句话也说不出。我差不多是倾尽了全力保护你，直到不得不流浪远方。

一次又一次，我带着对你的想念，返回来再走开去。最后的一次，我离开的时间并不长，一共只有两个多星期。

可是再一次归来就没有了你的影子。

听说你是在离我们的住处不远——南边的那片红薯田里遇难的。我到红薯田里去，试图找到一点儿痕迹，比如说你的脚印和几滴凝固的……

没有，什么也没有。好像刚刚有一场风把这些吹光了。红薯被收过了，光秃秃的泥土黝黑黝黑。这片红薯田的南边是一条东西走向的水渠，水渠上长着紫穗槐和死了一半的茅草。渠水干涸了，剩下的就是潮湿的淤泥。有一处淤泥踩上了深深的脚印，还有躺卧的痕迹。我的心一紧。我明白了，那个十恶不赦的暗杀者就在这里向你开枪。

有人总要暗杀，总要寻找最弱者下手。有人总要留下血债，他们欠下的、即将归还的，也只是弱者的。

二

你不喜欢高层建筑。每一次下楼，你都要费力地爬下五楼，小小的身躯显得可爱又可怜。

最后我们商量，把你送到了乡下。

在那里，有一个人会很好地照顾你，她会用加倍的慈爱去对待你。你会爱上她的。就这样，我们依依不舍地分别了。

半年之后，我们刚刚听说你胖了，一切都变得越来越好了。你的身体正在飞快地长大。几乎与此同时，另一个噩耗也传来了：你死于非命。

我们垂下了头。终于没有一个例外：又是一个不得善终的挚友。

我们急匆匆地返回乡下。在那里，最疼爱你的那个人哭成了泪人。她向我们诉说整个经过：那一天你正在外面游玩，可能不小心吃了一点儿什么，嘴巴流出了白色泡沫。你急得双手在嘴巴那儿抓挠，不久就倒下了。好几个人抱着你往医院跑去，跑啊，跑啊，一路呼喊。

就在医院的大门口，你永远闭上了眼睛。

显然，你沾了有毒的东西。后来医生说可能是食物上沾了耗子药。

是的，确定无疑。因为在你之前，有那么多可爱的动物都毁在了耗子药上。这个平原的人哪，他们贫穷无告，几乎一无所长，却个个都是下耗子药的能手。结果呢，耗子仍旧满地乱窜，啃咬稼稞、啃咬这个世界上一切珍贵的东西，越来越畅行无阻。

可那些愚蠢的人，还在满世界布撒他们的耗子药。

你没有了，我这儿只存下你的几张照片，一遍又一遍抚摸。你的眼睛仿佛永远在注视我。一个人不爱你，还会爱什么？一个人不想你，还会想什么？想你比想那些撒耗子药的人不知要好多少倍。

你太单纯了，你永远都是个孩子。

1998年4月10日

美丽的万松浦

这个秋天我住在万松浦。这是我多年来第一次住在一个恍如梦境的地方。

书院有一个不大的院落，它有一百余亩。说它不大，是指它坐落在两万余亩的松林里，在大海之滨，在一条长河的旁边。我的写作与读书处就在松林里，就面向了大海。一抬头就是松海之绿，就是波涛之上的各色船只。鸟儿们不停地在窗前嬉戏，探头向里观望，这使我愉快中反而不能专心。倒是远方的天际苍茫之色，引发我的邈远之思，让我想到此地此时的深意和情缘。我不能不一次次梳理心绪，沉浸和缅怀，于无尽的苍穹之间、极目之处，寻找自己的来踪与归路。

我心中是从未有过的清澈和安定，也是从未有过的多思和想念。许多事情想从头做起，又有许多事情想从头再做一遍。因为我有把握做得比以前更好。这时候没有过多的奢望，却有了更多的劳动的欲望。我和同伴们在读书写作之余一起盘算，想每人学一份手艺：有的学园艺，有的学陶工，有的学装裱；我则学木工。我想做一条很大的三桅帆船模型，还想做一些常用的器具。除此而外，依照原来的约定，我们还要每天到野外做一些工作，如除草、修剪、耙地、种植，莳弄茶园。这种活计每天不得少于五十分钟。与每天的苦读一样，这一切都是我们书院的功课。

很快，大家的皮肤比过去更黑了，举手投足间倒也少了许多呆气。思维也较过去直率单纯，并且有力。有客人说这真是个“桃花源”“乌托邦”啊。可是我们林中人却丝毫没有觉得有什么特别之处，倒是充实自然得前所未有。我们劳动，体力脑力并用，室内野外兼顾，乐而忘返，总是于太阳落山之际方记起收工用餐。

有一天，下午四点钟左右，我携锹具走向院子，无意间打扰了七只公野鸡：它们正在墙边草地上觅食，胖躯长尾缓缓挪动，见了我一齐飞起，掠起的风都是笨重的。那七彩长尾啊，只有童话中才有。如此看美丽的自然离我们原本不远，仅仅是稍加看护，它就呈现出这般奇异。我于感动中连问数个朋友：你们可曾有过这样的机遇，一次竟发现七只公野鸡？他们摇头。

有一天早晨，一个朋友在书院松林上空看到了四十多只盘旋的雄鹰。

有一个下午，另一个朋友在书院的水杉树上一口气数到了一百多只喜鹊。

这儿不是“桃花源”和“乌托邦”，这儿是北方自然中的一隅。它在围困之中，它在等待之中，它在保护之中，它更在希望之中。不远处即是嚣嚣之声，幸有徐徐海风将其吹散，有涛涛松音稍稍覆盖。有美妙的情愫在这里孵化，然后就是艰难和欢乐交织的养育。

松枝上，我不时会发现一处修筑得十分结实的鸟巢——风起时它们仍然完好无损。

我在心里为这些鸟巢祈祷和祝福。

2003年11月12日

狮子山下鸣尺八

在香港，爱文学的人有一个好去处，就是浸会大学的文学院。这儿来来往往的尽是世界各地的文学人士，校墙上、走廊上，包括饭厅、电梯处，都常见一些文学演讲会研讨会的海报，可见文事很盛。这里的人如果逢会就赴，也会很累的。

我有一天见到了一张海报，上面有“狮子山诗歌朗诵会2010”的字样。我走开时还在琢磨“狮子山”，正想着它与诗摽在一起的气势，活动主办者就送来了请柬。

原来浸会大学位于狮子山下，学校自2004年起，每年必要举办一次诗歌朗诵会，邀请的大都是海内外著名诗人。来这里诵诗的人，自己有一份光荣，听他们发声的人也十分兴奋。

这是一间基督教堂，通常在每个周日里举办礼拜活动。诵诗这一天，能容纳几百人的大厅里坐得满满的，来听诗的人个个穿戴齐整，男士大都结了领带，女子则穿了漂亮的裙子。

每次朗诵会都有一个从远方请来的“焦点诗人”。诗人放大的名字印在海报上，这会儿又投射在朗诵会场宽大的屏幕上。除了这个主角以外，还有香港当地的许多诗人参与。诵诗会同时也是一场音乐会，因为每位诗人的朗诵都要协配一位演奏者，他们操持的乐器——笛、筝、钢琴、黑管、琵琶等中西皆备，大多都是在各种音乐会上得奖的有成之人。

这一天，我除了听到动人的诗句，还特别认识了一种前所未见的乐器：尺八。记忆中，似乎从前人的诗句中读过这两个字，模模糊糊，未曾留意和追究。而这一次算是亲眼看见并近距离领略它的发声了。

它的面貌有些土气：不过是从竹子柢部斩下的一截，长约二尺，上边有四个洞眼。靠近柢部稍粗一些，弯弯的形似一个小小的喇叭，并因为有许多根须削后留下的斑点，让人想起这是一种“有根的乐器”。演奏者就像吹箫，将一端对准嘴巴，但它发出的声音与箫大为不同，那么悠远那么凄凉，幽深而旷渺。从近处听，其音不觉大；从远处闻，其声又不觉小。它最上有一个半圆形的端口，这就让演奏者可以将其紧紧按在下巴上，吹奏时频频颤动或摆动头颅，从而发出特异的声音效果。

它悲伤时，不是呜咽胜似呜咽；它欢乐时，似乎正掩饰着顽皮的窃笑。但无论怎样，这声音还是太沧桑了。

这一天，由尺八伴奏的诗人坐了轮椅。诗人在轮椅上垂目低语或昂首咏叹时，尺八就在一旁声声陪伴。一种难言的意境笼罩了偌大的厅堂。

诗会结束时，诗人钟玲教授在我和尺八演奏家之家进行了介绍。原来尺八在中国古代常属僧人：雨打芭蕉，头戴斗笠，悠悠吹奏。中年演奏家先是在日本，后来又去澳大利亚，前后跟从两位不同的尺八大师学习，这才有了目前的身手和功底。我问他："学习这种乐器很难吗？"他点头："难。"

一节竹根出妙音，它源自中华，留在异国。这不禁让我想起许多中国妙物，更包括思想和手艺，就这样被我们自己遗忘和疏远了，却被懂得品味的异族人保存下来。而我们自己，则常常费尽辛苦从大洋那边搜索，得了一些宝贝，也找来一些怪物，结果难免要误了大事。

很机械的西洋乐器如今通行，它们能发出精确的器械之声。而尺八这一类简单朴拙的东西，似乎更要依赖血肉身躯，二者更要紧密依存才行，其韵致也更传天籁。

诗歌当然如此。我们本是一个诗书之国，可是在实用主义、物质主义盛行的当下，它在世俗之中突然变得有些陌生和费解了，就活像一节归来的尺八。

2010年3月29日

犄角：人事与地理（节选）

我多次讲过，这儿从地图上看就像一个犄角，小得可怜。可是当你走进来，当你面对它的时候，又会觉得自己十分渺小了。它像我们经验里的任何土地一样丰裕、复杂、烦琐；你像一条鱼跃入了海洋，一天天与它耳鬓厮磨。当你想到有一天会离开它，疏远它，记忆它，那么你就想在手边划下一点儿什么。

匆忙的生活常常让我们张皇紊乱，可我们还是有对付生活的一套完整的办法，所以我们才活下来，痛苦下来也欢笑下来。我们过得可真不容易啊。

我们又是谁呢？是大家，是这个犄角吗？

黑松林

有人总愿把这片林子说成是什么防风林，还有人说成是国防林，而通海的宽一点儿的路也被叫成了国防路。这提醒我们是来到了大陆边缘。

黑松沿着海岸生长，密匝匝黑乌乌，没有尽头。也许从空中往下看，它是一条长长的带子，可是当我们走进了它的内部，却感觉不到纵向和横向的区别，总是一片浑浑苍苍：浓绿、苍黑、幽暗。动物咕嘎大叫，里面有兔子、鹰，各种鸟儿。鸟窝就搁在头顶的枝杈上。这里几乎看不到人。当然最多的是松树。

在松林的某个局部，冒出一片槐树或杨树、柳树——像是一个完整的民族板块中得以繁衍和生存开拓的少数民族。但这儿几乎所有的北方植物都能找到：灌木、小草，甚至是一部分浆果和百合科植物。洁白的沙子上散落着一颗颗野兔粪便，说明它们人丁兴旺。有一些植物的茎秆被兔子们啃去了皮。一只刺猬死掉了；一只兔子显然是遭了鹰鹫。

这里最多的是一种钢蓝色的鹰。它们远远看去很像温顺的鸽子，体积也大不了多少，只是飞起来，一展两翅就显出它的野性和勇捷。这里很少能看到苍鹰，但那种钢蓝色的鹰是否就是袭击野兔的鹰，还不能让人肯定。

我自己，或约上一两个朋友，每星期至少要到这片松林里来一次。

小时候，我在松林南部的一所小学上学时，常被老师带领来海边参加林场劳动。那时就在沙滩灌木的空隙里插种小小的松苗。浇水、掘坑，许久之后再回来补种那些没有成活的松苗。这样一直到毕业上中学。

当时记得灌木丛中就有一棵棵茂盛多杈的长成的松树，推算起来，现在它们应该是很大了。可这会儿就是找不到它们。

我和朋友讨论了一下，他说当年我们栽的那片松林或许在更西边一点儿，离这儿还要有十几公里。

记得当年主要不是松树，整个荒滩上更多的是杨树和槐树。它们有时密得不能下脚，要穿过就得耐心地寻一条小径。这儿纵横交织的小路都是由打鱼人踩出来的。那真是细如羊肠。

冬天，厚厚的大雪覆盖，你要寻找这样的小路，摸到通向大海的渠岸，真得小心翼翼，试探着往前走。那些寒冷的、一生都不会忘记的、呼出一团团白气的早晨和傍晚，我常常在此地流连——只有我一个人，现在也想不起是来寻找什么，在这片荒原上徘徊。我一次次纵向穿过整个海滩，走到白雪皑皑的高耸沙岸上，望着没有一只帆船、没有一点儿人影的海面，看着海浪在沙岸上的拍击、伸缩不停的水……

南风吹起，林子发出了呜呜的声音，这就是松涛。仰头看微微摇晃的松枝上刚结出不久的松塔，心里涌起一股爱怜。往前走，红色的尖顶别墅出现了，会享受的当代人并没有放过这片松林。一路上不断发现被砍伐的松树——那一刻的巨大疼痛使它渗出了泪滴。这黏稠的泪滴就是所谓的松脂——或者也可以理解为精髓和血液……还有随处可见的一个个偷沙者掏出的沙洞——这些沙洞坍塌的时候，四周的松树都要遭殃。这显然是那些建别墅者留下的痕迹。

我们还遇到一只死于难产的母兔。当时它伏在那儿，刚死去不久，笨重的身子还是一副正在用力的姿势。我们双手托着它，找一个沙坑掩埋了。

我们的鞋子上落满一层黄绿色的花粉，鼻孔里全是各种野花的香甜气味。

我觉得这是整个海滩平原上最让人留恋的地方，它代表了我的过去，甚至是未来。比起这儿，一切都显得微不足道了。得失荣辱，一切都不那么重要了。在这儿回想过去，设想自己的老年，在这儿劳动和追忆。这简直是了不起的奢望。想得太多了并不好。我为这儿付出了什么？将要付出什么？一切也都要好好去想。

由于没收了枪支，打猎的人没有了，所以各种动物，特别是野兔，能在这儿纵横驰骋，扑棱棱飞动。但由于没有收起一些人的铁锨、锯子和斧子，松林于是还在死亡和伤疼。

我总是把它看成自己的松林。追溯到许久以前，从老人的口中我们得知，原来的这片荒原上林子比现在高大茂密一百倍，那才是无边的森林，很可能是原始林。经历了几场战争：民族战争、国内战争，一次又一次的政权更迭……各种各样的政权尽管差异很大，可都没有保住浓密的林子，结果它们还是没有了。许多神秘的故事，伟大的人物，不可思议的向往，都随着这片林子一起消失了——甚至没有多少人去记载这一切——它的历史。

最美好的事物，就这样湮没了。

两个岛屿

它们是在这个犄角行政区划内的两个岛屿：一大一小，大的实际上也小得可怜，大约只有两平方公里；那个比它更小的岛就在半里之遥，是它的卫星岛。这两个岛与犄角离得很近，大约只有一刻钟水路。大晴天里，站在海边看去，那两个岛屿近在咫尺。

岛上的人要到大陆来，大陆的人要到岛上去，结果在水上交通很差的年代里，就发生了很多悲惨故事。午夜接送病人，新婚夫妇往来……总之围绕这一类的事情常常发生一些可怕的灾难。也正因为这样，那么美丽的两个岛，直到现在还有人惧怕去那里居住。出于自卫和自守的心理，岛上的姑娘也不轻易嫁到岛外去。而这个犄角上的姑娘没有极特殊的原因，也是不会嫁到岛上去的。

岛上百分之九十都是渔民。男人出海打鱼，生来就是这样的命运。女人在家里补缀渔网，料理家务，或者种一点儿小得可怜的菜园。男人的性格个个强悍粗放，而女人却出奇地绵软贤惠，几乎个个如此——起码在我所遇到的人中，是个个如此。

读高中的时候，有一次为了完成一个写作任务，我和另一个同学在海岛上住了半月。我们同班的一个女同学恰恰在这个阶段因事返岛。她很高兴我们能来岛上，特意为我们逮了不少螃蟹，采来海贝和各种海菜——记得她当时提着一个瓦罐，瓦罐的系子是草绳做成的，就这样把煮熟的海鲜提给我们。

彤红的螃蟹，以前从未见过的大海贝，冒着热气的瓦罐，一起摆在桌上，鲜气逼人。她在旁边微笑，很少说话。偶尔说一句，声音软得像南方人，可又比南方人更低更细。

她那双美丽的眼睛看着我们。我们把她的礼物打扫一空。

后来我们有两三次跟她到海岛的最东部去玩。那儿退潮时有一片青色的石头，搬动那些大石头就能找到螃蟹，甚至是海参。海参是这一带最珍贵的海产品，它不同于南海和东海，以及其他各地的海参。在人们的印象中它是最名贵、滋补性最强的一种海珍。记得那一次我捉到了一只海参，握在手里不舍得丢弃。可只过了一会儿，张开手掌一看，它差不多全化掉了。

后来，高中还没有毕业，我就去了南部山地。我成了一个山里人。

再后来我又去更远的地方读书，反正是离这个犄角越来越远了——当有一天我归来的时候，站在海边，看着海雾蒙蒙中的那两个岛屿，突然想起了当年那位女同学。

我发现自己今天还在怀念她。我记得以前从山里回来时也曾想起过她。

人的一生最大的幸福也许就是争取和真正温柔的人生活在一起。生活的风雨总是太猛烈了，在这种猛烈中，应该有那样的一个人在身边。

我多次去那个岛。过去的一切痕迹大约都在：岩石，稀疏的麦苗，还有靠在海湾里的大船，铁青色的大船，一闪一闪的灯塔，忙碌的头上包着纱巾的女人——此地唯独没有她的影子。

她离开了，她到海岛以外的地方去了，到很远很远的地方去了，带着她呵气似的声音，带着她绵软的性格和那一双特异的美目。

我为什么没有及时返回？坎坷的生活啊，人要挣扎，一挣扎就要耽误重要的事情……

那个卫星岛听说至今没有一户人家，是个荒岛。人们为了救助海难，曾在岛上盖了一座茅屋。后来茅屋也塌掉了。有一段时间听说岛上有很多野猫，又过了一段听说猫也没有了。

我要到那个卫星岛上去，渔民说不行：两岛之间有一股激流，除非绕过这股激流，绕很远才能到那儿去，很麻烦。

岛上只有一口淡水井，却是一口最甜的井：犄角上所有的井都比不上这口井甜。

蓝眼老人

我第一眼见到他实在是吃了一惊。如果他在蛮荒里出现，那我准会把他当成一个外星人。老人个子很矮，不会超过一米六五，而且真正是瘦骨嶙峋，衰老不堪。实际上他只有六七十岁。他走起路来蹑手蹑脚，像踩在云朵上一样颤颤悠悠。我注意到他露在黑色袖管外面的一双手和一截胳膊，其皮肤皱得厉害，近乎透明，青青脉管清晰可辨。整个的人都说明营养极差，手无缚鸡之力。他的体重大约还不足四十公斤。他身上最显著的部位是头颅，从整个身体的比例上看它显得有些大，圆圆的。

他戴着一顶破旧的鸭舌帽，非常爱干净。一副眼镜属于古老的样式。最使我感到异样的是那双眼睛：竟是蓝色的，或者是灰蓝色的，很大很圆。可能给我外星人那种感觉的，首先就是这双眼睛。他看着我，神情非常专注亲近，但带着一丝警觉。他伸出手，用力握住我的手——手力很大，就像整个人一样令我吃惊。

我见到他的时候，他正经人介绍，受雇于某个部门做史志编撰工作。这使我们有机会相识。

很长时间以来他都是独身一人。好像他在这个犄角上来来往往，干什么都可以，干什么都可以活下去。难以想象的粗活，以至于眼前这种需要文心纤细的工作，对他来讲差不多都是一样。我常看见他手里拿着一个阔口搪瓷缸，在长廊上旁若无人地走着。如果我们偶尔打个照面，他就赶紧扶一下眼镜，伸出那双瘦削有力的手。

他曾经是一位教师，教过小学和中学，后来又不知什么原因失业了。在混乱的年代，原因总是很多的。有很长时间他不得不流浪打工，甚至靠讨要度日。他在教书的时候结识过一个女人，但她不久就离开了——同时还让他失去了住所，所以当年有一多半时间要在牲口棚、打工者的通铺或田野的草垛中、庄稼地和泥沟里过夜。秋天的泥沟往往铺满了落叶，那真是流浪汉的好去处。

人们说最奇怪的是，当这个人从一些肮脏不堪的地方钻出来时，身上总是非常洁净。他全身上下未沾一丁点儿草屑和泥土。他常常几个月的时间弄不到一分钱，但即便这样，也没人发现他从果园和庄稼地里偷过一点儿食物。他的食物都来自劳动或直接的乞讨。在他眼里，乞讨同样是一种体面的、讲得过去的职业。

也就是在这样颠沛流离的岁月中，他遇到了又一个女人，一个命运和他差不多的女人。他们一起游荡、找事情做，这时候他才觉得应该有一个固定的居所，于是他就立志要盖一座房子。这对于他简直是个太大的奢望。可是他执拗得很，每天有一点儿时间，就在收获过的庄稼地里忙碌。原来他在寻找遗落的砖块石头。他不停地收集，用了一年多的时间，就攒起了足够的砖石，接着就开始垒屋，有那个女人做帮手，但大多数时间还是他自己。自己设计，自己打基，一点一点砌墙。他还去海边，以惊人的耐性等候潮起潮落，寻觅海浪推涌上来的一些木杆，作为梁木和檩条。

墙砌得很高了，要开始上梁了。这倒是件难事。他琢磨着，琢磨出一种最原始的办法：堆起一些沙土，堆得像梁头一样高，然后再把木杆费力地滚移上去。

当所有的工作完成之后，再把围在四周的沙土一筐一筐移开。就这样，三间屋子盖起来了，他没花一分钱，却耗去了两年多的时间。

新房落成的同一个月份里，他们有了自己的孩子。女人没有奶水，他就到海河沟汊里寻一些富含蛋白质的动物。那个饥肠辘辘的年头，他为养活自己的孩子真是费尽了心思。而他自己吃的多是菜叶，是一些食物屑末。有一次他发现了一只中弹死去的野兔，就把它腌制起来，每天割一小块给哺乳期的女人做汤。一年之后，他的女人还是死去了。他把女人亲手埋葬在离新房子不远的地方。孩子由他一手抚养，也成了他的全部心愿。

孩子好不容易跟他长到了三岁，最后却因为一次严重的食物中毒，抢救无效死亡。孩子也埋在了母亲旁边。

像刚开始一样，剩下他一个人在大地上徘徊。

在贫困到极点的生活中，他仍然想为别人做点什么，一直想。因为他觉得自己不能这样白白度过宝贵时光。做点什么？他简直是挖空心思。他认为最难的，是做任何有意义的事情都需要花钱，而自己却一贫如洗——那么在没有钱或钱很少的情况下又能做什么？他想了很久。

有一次，他在一个村镇夜晚的场院上看到了放幻灯片，似乎从中受到了启发。

然而放幻灯片需要一台机器，需要电，这些他都没有。想来想去，他用拣来的木头做了一辆地排车，又像琢磨盖屋那样动用巧思，在车子上做成一个暗箱，两端再挖上方孔：当这车子支起时，两个方孔就与太阳形成了一道直线——光源有了。他又把自己收集的一些碎玻璃片切割成大小统一的一叠，细细绘上故事，一一插到暗箱的方孔上——这就可以在遮光的一面墙壁上放出幻灯片。

这奇特的装置被他拉着走遍了大街小巷，吸引了一批又一批孩子，当然还有许多老人、成年人。他在幻灯片上绘制的都是一些科学常识、模范人物。

他这个工作做了很久，人到哪里车到哪里，一场接一场放幻灯片——这样一直延续到被聘去做史志编撰。

于是他有了一点儿工资，微薄，却令他极为珍视。他从食堂打饭，从来都是一块咸菜一个窝头，几乎把所有的钱都省下来。一年多的时间里，他竟买来了成套的外语教学录音带和课本，以及其他书籍。他把这一切都小心地包好，放在柜子里，说将来有一天要把它们送给一所学校。

因为机关减员，到处人满为患，这个老人的去职只是个时间问题。可他自己并没想到这些，因为他在走廊上步履依旧，神情依旧。他根本就没有失业的忧虑。

到时候他又要回到野地里去了，回到那个空荡荡的屋子，像过去一样：身上没有一分钱。

这是肯定的。但同样肯定的还有，他仍然会活下去，而且只要活着，他就会想方设法去做一些对别人有用的事。

到现在为止，我走过了多少地方，遇到了多少人，各种各样的人；但仔细想了一下，还是第一次遇到了这样一个人：在努力活下来的同时，只想做一些对别人有用的事，只为不能更好地帮助他人而忧虑。

南山四月

在那个犄角上，我从小看到的南山就是蓝色的，像天空一样的颜色，或者更蓝。它是整个犄角的最南部，像最坚硬的一道镶边。南山对于童年是一个美丽的想象，而对于成年人却往往是一个贫困的象征。“山里人”“到南山去过山里日子”，这样的讲法让平原上的人都多少觉得有点可怕。我后来当然不止一次到过南山，为生存而去，为跋涉而去。当然我不得不和大多数成年人取得了一致的看法。

山地需要攀登，需要付出更多的力气。在这里收获食物要比平原上困难多了，这就使我们无暇顾及它的美，它的特别的美。

这一年四月有外地朋友来，有人提议到南山去看花。他们的热情使我不好意思拒绝，但一路上却想：这会是一次无聊的南行。那里又不是花园，有多少花可看？那里顶多会有几蓬野花、几株果树。

汽车往高处行驶，渐渐进入丘陵。公路爬上山的隘口，一瞬间让全车的人眼睛一亮，几乎一齐脱口喊了一声："看！"

高高矮矮的山岭上到处一片雾霭——不，那是繁密的花海迷迷蒙蒙，它们正顺着山岭起伏，很像流动缠绕的雾气，只是它有灿烂的颜色，有芬芳的气味。洁白的梨花，红色的桃花，稠稠的李子花——主要是梨花，所以我模模糊糊想起这儿有"四月看梨花"的说法。

这种美是人工造成的，由山里人一手培植，可这需要时间，需要耐性。山里人花了多久的时间才在这贫瘠的山地上培植出这么大一片花园。这样的光色只有在图画里才有，而且我相信，任何一个高明的画家也画不出南山四月——它的大幅轴画这会儿呼啦一下展开在这个山地隘口上。

大家走下车来，一时目不转睛地看。我好像觉得自己内心深处一些特别的追索，一些不可企及的需求，都在这时候得到了某种印证和满足。它仿佛在给予提醒：有一些境界是存在的，有一种表达是可能的。

全是花。山岭上没有人，只有花，只有安静透明的阳光和流动的气味。偶尔听到水声，细小的水在山涧，在石板的空隙中。有些石板像一张张巨床，不规则地罗列在那里，水就在这些巨床缝隙间流过。

只有四月才是这样。那么五月六月或金秋时节呢？那时候是浓绿，是果实，是成熟的负载，是绿色的屏障，是另一种美。

南山好像一种浪漫艺术，比如说一台浩瀚的歌剧：先是喧叙的冬季、合唱与重唱的初春，到了四月就有了长长的激越人心的咏叹。

它美的重心和力量放在这里了，让你激越，让你领略它的不安、颤抖和深邃。

它让我想起小时候，还有，想起成年的印象和感觉。

无边的喧叙过去了，四月的咏叹来到了。我远远地跑来犄角，又跑到它的南部山区，原来就为了这场倾听……

地有三分

这个犄角总的来说属于半岛的一个角落，一个边缘，只是它更加凸出在海里。然而要仔细划分起来，它的整个面积有三分之一属于山地，三分之一算丘陵，三分之一则为平原；另外还有两个岛屿，有它自己的一个半岛。自然地貌的主要属类在这儿被悉数囊括，所以它是一个完整的、自给自足的世界，它有自己的丰富性和多样性。不仅是物产，而且还有文化和风习的互补。比如山里人和海边人，口音相异，举止做派与志趣都大为不同。山里人强悍保守，而海边人灵活多变，时髦，也多少有些傲慢率性。所以当地人流传着“山霸王海贼”的说法。而中间的丘陵地带，由于同样像山区一样，有一些凸起的岩石，人要爬上爬下，所以生活起来就更多地像个山里人，他们也自觉地把自己归于“山区一族”。犄角的边缘才是平原，而平原上的人格外富裕和强大。他们差不多自成一个世界，是犄角上名气最大、最具有代表性的族类。他们无论年长年幼，一概将南边山区的人叫“山里老大哥”。由于过去交通不便，山里人很少吃到海鱼，沾不到腥气，这在海边人的眼里也就分外可怜、愚笨和不够开化。而沿海一带的人有鱼类的帮助，磷和蛋白质、钙质吸收得多，就似乎有体力和智力上的优越感。他们往往是开放的先驱，是风气的制造者和率领者，往往最早享有一些洋玩意儿。

其实山里人也有自己令人羡慕的优势。比如说山里人更长寿，更老实也更本分，人事关系也远不像海边那样混乱。山泉的甘甜，山果的鲜美，这都是平原人难以享用的。

土地生人，改造人，教导人，决定了人的一切。所以我大致可以说犄角上有三种人，他们分别是平原人、山里人和丘陵人。

作为土地过渡带（丘陵）的这一部分人，在最近几年变得越来越像平原人了，而真正的山里人却变得很慢。奇怪的是越来越多的从海边到山里工作的人愿以山里人自居，动不动就说：“俺是山里人。”可是族居的山里人却往往回避这个词儿。

近几年山里发现了金子，平原上的人就进山帮他们开采，连犄角之外的人也远远赶来了。金矿四周盖起了一片又一片别墅。也有很多人死在大山里。

而很早以前，山里人认为海边才是最危险的，因为许多打鱼人死在了海里。现在他们才知道，大海和高山对人都是一样的危险。

丘陵地带的人在漫坡地上一辈又一辈耕种土地，悠闲而贫困，但他们今天越来越不安分了。

他们过去是往北，现在是往南——去寻找那种危险。

昔日花

记忆中的过去，这里给人印象最深的就是花：到处都是花，真正是花的海洋。我这里指的是春天来临的时候，是成片的洋槐花、海边果林一夜之间绽开的杏花，还有接踵而至的苹果花和桃花——这一切交汇而成的气味和色泽；是逗人的喜气，节日的嬉戏，是它所促成和焕发的那个年龄所特有的敏感与欣悦。

每年都开始盼望温暖的春天，盼望沙岭上的积雪融化。当雪水顺着高坡哗哗流下，把细细的沙末涂成美好的图案时，我们知道绿蓬蓬的季节就要来了，花的海洋就要来了；蜂子和蝴蝶纠缠一起，它们与我们一起玩耍，或是向我们发起挑战的季节就要来了。那时候我们的视野还没有现在这般开阔，不知道南部山区也有一片花的海洋；我们眼里只是这个犄角的北部，是这个平原。

随着季节的深入，各种各样的野花在灌木丛中盛开，它们取代了槐花和果花。这些花多得叫不上名字，但它们更奇特也更引人注目。后来又是每一家院落里长起的一丛丛蜀葵和美人蕉。这儿的蜀葵和美人蕉最多，我简直不记得在其他地区看到过这么多的蜀葵。那时这儿家家院落都很大，院内院外都长起成片的蜀葵，成了蜀葵林。我们就在蜀葵林里捉迷藏，吐露着过早来临的心事。一想起成片的蜀葵，我就想起了小时候的伙伴，想起在花丛中奔跑的男女同学。

他们常常把一大簇一大簇的蜀葵花带到学校，还有木槿花、菊芋。菊芋花连成一大片，望不到边，它们是繁衍得最快的一种花。在饥饿的年代，人们不是像现在一样把菊芋做成酱瓜，而是放在锅里，像蒸芋头一样蒸熟。实际上它是蒸不烂的，永远都是脆生生的。一大束菊芋花抱在怀里，然后再用一个水罐盛上，放在桌子上，那就是最美的一幅图画。

我所待过的那个小学种满了白菊花，它在果林间隙，到处都是。还有，在果林灌渠旁，总是野生了一大丛一大丛的金盏草，又名千层菊——它有一种奇怪的邪味，但我们都愿伏在它的上面深深吸上一口，然后抱怨。不断地吸，不断地抱怨，学大人说一些难以入耳的粗话。在水渠下面的低洼处，是成片的粉红色的小蓟花。小蓟花不起眼，可是连成一片多么美丽，简直令人神往。还有荒滩上的茶花，一眼望不到边，它们在微风中摆动起伏，真正是如火如荼，来势汹汹。这种花在开春的时候可以吃，它刚刚长成一个花苞的时候，我们都伏到刚刚泛青的草地上寻找这种花苞。揪花苞时要发出“咕咕”的声音，当地人就叫这种花为“咕咕老”，因为这种花一老就不能食用了，只能吃它娇嫩嫩甜丝丝的花苞——可能是对“老”的厌弃吧，所以就在“咕咕”后面加一个“老”——“咕咕”是声音，“老”是担心。

不知多少次到昔日的荒原上，到记忆中那些小径上寻找。没有了，没有了小径，也没有了花，起码是没有那么多花了，只看到了洋槐花，它们偶尔有一丛在松树间闪烁。至于成片的果树，特别是记忆中的山岗，随山岗起伏的烂漫桃花，那一棵又一棵巨大的李子树——世上有什么花比李子花的香味更浓烈，更密集，更不吝啬，简直是疯狂一般的开放——再也看不到了。

没有了，这里只有一些丑陋的红砖建筑，有挤挤歪歪的烟囱、工厂，特别是熏人的化工厂。很明显，是时代的诱惑赶走了鲜花。丑恶的物欲总是鲜花的敌人。

农民诗人

我相信“农民诗人”是一些天生丽质的人。我们曾经宣传过很多“农民诗人”，他们在底层，在艺术特别是诗歌艺术的罕至之地——是在这些地方出现的一些奇妙人物。但是后来，许久之后我们才发现，这些人中的一大部分往往很难被称为“诗人”。不是因为他们的作品表现形式上的粗疏，而是其他，是因为其中最致命的东西的丧失——缺少诗意，缺少生命和个性的魅力。作为一个诗人，这都是最迷人的部分。他们更多的倒是一些巧言趣话的制作者，一些滑稽人，一些善于说顺口溜的人。

在这里我们必须指出：要让一个自然而然地生长起来的农民诗人丝毫没有顺口溜的倾向是不可能的，也过于苛刻；但我们必须透过这一切屏障，望到那双在欢乐中燃烧的眼睛，感知其羞涩而激越地跳动着的一颗心脏。他们贴近泥土，颜色相近，可你只是凭感觉，而并不需要逻辑和学术方面的推导辨析，就能一下知道他们是否正是我们所要寻找的——诗人。你被他们打动，而这恰恰是可以称之为诗的那种东西的缘故，正是它的力量——是它们在出其不意地突袭过来，掀你一个踉跄，你站稳之后，定定神儿，就不得不在心里发出一个肯定的低语，说：我遇到了一个诗人。

到现在为止，四十多年来，我相信我的确是，也仅仅是遇到了一个农民诗人。当然这个地方不是别处，就是我一再提到的那个渤海湾畔的“犄角”，是这片很小的土地。

当地人一直传说有这样一个“出口成章”的怪人：他记忆力特别好，荒诞，不正经，只是构成了一个村庄或是更大一片地方的欢乐的来源。人们对他钦佩，但绝谈不上尊重。当时这儿并没有“诗人”这个概念。他们把一些说快板的、能言善辩的、说数来宝的、所谓“把死人也能说活”的一些人，统统称为“嘴子客”。说某某人是一个“嘴子客”，一个“大嘴子客”，或者说：“神了，嘴子客。”

在沿海的一个村庄里，我第一次见到这个“嘴子客”。这个村庄现在看人烟稠密，有四五百户；作为一个基层行政管理机构，它负责的范围还包括周围三四个更小一点儿的村庄。这个村庄的全名必须冠上两个字：“灯影”，正式的村庄普查书里都有这两个字。可以想见很早以前，这里还是大片荒原，人烟稀少；想必是远方的人往大海方向走，走到黑夜，模模糊糊从丛林缝隙中看见一线灯影。很诗意。

一个诗人在灯影里，这本身就很诱人。

就在那个较大一点儿的村庄里，也就是灯影里，我遇到了那个人。那时候他很年轻，但由于我更年轻，所以看上去他是真正的大人。今天屈指算来，他当年也不过三十多岁，是一个成家立业的人，即所谓“拉家带口”的人。

那个年头仿佛人生孩子很容易、很快似的。记得他当时已经有了三个孩子，两男一女，一律淌着鼻涕。他的老婆是一个身材细小的人，心直口快。给我印象最深的是她那一双美丽的大眼睛和发紫的、显得不甚好看的两个高颧骨，以及同样是紫色的肥厚嘴唇。用今天的眼光看，她也许并不难看，有点像亚热带的女人。可是在当时，谁都知道“嘴子客”娶了一个丑老婆。

无论是当年还是现在，人们对于美都有一些固执的、特殊的规定。比如说在五六十年代，人们眼里的美女必须是圆圆的大脸盘，只要有了这样的大脸盘，眼睛和嘴巴，更不要说鼻子和其他了，倒不再重要。人们看到大脸盘的女人就说：

瞧呀，美丽大姑娘！而且在犄角一带，从过去到现在都不时兴娇小的女人。他们希望她的身材相对高挑，粗一点儿不要紧，只要匀称、健壮就好——再配上那样的大圆脸，也就十全十美。

由于诗人的老婆完全不是那种类型，所以人们都认为她丑。要从今天的角度看，她的肤色、脸型更有个性；她的身材，用当代人的审美标准来看，那也是时髦的。可惜当年大家都不以为美，诗人也就不以为美了。

他们经常吵嘴，但关系总还过得去。生活艰难，吃地瓜干，不停地劳动，清晨和夜晚都要赶到田里。在那种枯燥，但有时也显得过分热闹的集体劳动中，无论是家庭生活还是其他，都容易处理得多。忠诚和团结来自相濡以沫的生活，富贵和金钱，物质享受，的确可以让人心涣散，让亲密无间的朋友、让异性之爱腐败变质。

当时我是被嬉皮笑脸的一圈人推到了前面，因为在那儿，就是这个所谓的“大嘴子客”在即兴表演。

他穿了一件藏青色的衣服，一条有点短的黑裤，裤脚很宽，腰上用布条紧紧系了几下。那种老式上衣穿在身上，真像某种拘束衣，看上去两个肩膀被绷得很紧，两条胳膊往一旁翻着。他在人们闪出的一小块空地上，仰头、眯眼，进入了沉思。这时候大家都一声不吭，有的还半张着嘴巴盯着。所有的人都在等待，等待那突如其来的、一连串古怪而有趣的、让人沉醉的话语。这个人真是貌不惊人，矮小，不，是粗胖：典型的五短身材。他的头有很长时间都在忘情地仰去、仰去，两眼迷蒙，嘴巴抖动——抖得越来越厉害；后来，他的两手突然拍开了肚子，一下一下拍打。就这样拍了一会儿，才渐渐睁开了眼睛。他在轻轻转动头颅，好像在寻找天上的星星——大白天什么也没有，只有一轮太阳在稀疏的云里。他开始数叨起来，一句一句，越数越快，越数越流畅。

我发现他说的都是一些合辙押韵的话。他在诉说一场战争。这场战争年代模糊，在他嘴里变得多少有点逻辑混乱。我听着，觉得一会儿像朝鲜战争，一会儿又像是跟日本人打仗，还有时候几乎就是一支部队在怎样巧妙地围追堵截一股可怕的土匪——这股土匪就在古代的这片平原上，在荒野里出没，伴着老虎、狼、猞猁等凶恶的野兽。在这场酷烈的战争中，战士手持矛枪、机枪、手榴弹，甚至是一种特异的、神奇的飞弹，坐着飞车……总之，战争中运用的不同手段在科技程度上相差悬殊，更说明了他的编排正处于混乱状态。可恰恰也就是这种混乱，使他获得了更大的自由。

他说得有趣极了，大家一会儿发出“喔！啊！”“混蛋，真是大混蛋！”之类的喊声。每个人都忘记了一切。高潮一次又一次来到。也就在这时候，我发现诗人做出了一个奇怪的动作：他扯住藏青色的衣襟，猛地一拉，发出了啪啦啦的响声，衣怀一下子敞开了，原来他的衣服钉了一排暗扣。随着这啪啦啦一声响，胖胖的肚腹完全袒露出来，油光锃亮，像他的脸膛一样，都是黑红色。他两手拍打肚皮的时候就发出了乒乓声，伴着吟唱、数叨，真是显得格外来劲。

一会儿他的脸上满是汗珠，一首诗吟诵完了。

大家鼓掌、跺脚，看着他大口喘气。

只是一会儿，有人就喊着他的名字，让他再来一段，再来一家伙，快些，再来！

我也跟着喊起来，忘记了一切，忘记了对方刚刚激动了一场，十分疲劳——人们在索取快乐的时候总有点儿贪婪，我也一样。

他显然没法马上满足大家，他在喘息。后来他蹲下，坐在了半截土坯上。这时他又变得和大家一样了，笑眯眯的，懒洋洋的，显然不准备“再来一家伙”了……

就这样，我记住了这个人。

当时，我只知道他是一个说快板的，一个“嘴子客”，一个头脑特别机敏而又多少有点儿失了正形的人，却没有想到他是一个诗人。要知道在平原上，一个男人的本分是在田里劳动，一个好男人要有劳动方面的超绝技能，因为他要忙生活，要顶着一个屋顶，率领一个家庭；他对于妻子和后代的责任，就是不仅能让他们在自己身边幸福，而且还要给他们打好未来生活的基础。像我遇到的这个诗人，他的嘴巴和头脑没有为他获得任何物质上的利益，所以人们在内心里并不看重这样的人——虽然要时时想起他，需要他。因为人们也可以忘记他，忘记他又不影响自己的生计——像那些村边的树木，某一棵因为长得特别高大或特别好看，他们有时候就会想起它，偶尔还会拿来夸耀。但这些植物，它们的命运，毕竟还不能与村民的命运联系得更紧，二者之间也难以找到切近的因果关系。他们很容易就忘记自己在酷热的正午要在它的荫凉下获得宝贵的歇息，或在这儿思索，倚靠；他们更不去想，整个村庄都因为这些植物的生长而变得美丽，变得让人更加向往。这些树木与他们的村庄在平原上构成了非常和谐完美的存在。

当我长得更大一点儿，懂得了一些事情之后，开始用研究和探寻的眼光来看待这位农民诗人了。我开始有了“诗”的概念，并且在正视这样的一个现象。我想了解他识多少字，他那些脱口而出的像泉水一样奔流的妙语到底来自何方？是来自心灵，还是来自他的记忆和阅读？探询中我终于明白了，他一个字也不识，是真正的大老粗，连自己的名字都写不好。而他吟诵出的那些词句，一大截一大截从没有人记录过。有的他自己能记住，有的时间一长连自己也忘记了。而且其中的一部分，的确是他在参加晚会或到别的什么地方听来的，比如快板、数来宝之类。农民诗人当然没有什么版权意识，他并不认为由自己拼凑、改装和转述会是一种抄袭。但可贵的是他在转述过程中总要做重大修改，大把大把掺进了自己的喜乐哀伤；他把它们串在一起，结果原作就被搅得混乱而有趣。比如说我小时候听到的那一场长长的吟唱，就是这样的产物。

时至今日，我后悔的是没能够帮助他，帮他把那些复杂多变、令人眼花缭乱、其产量大得惊人的吟唱记录下来。晚了，一切都晚了。他随着年龄的增长，吟唱的数量越来越小，记忆力也自然而然地开始减弱，诗句变短，美好的段子也在遗忘。而这个村庄里最喜好听他吟诵的一些人，也在开始死去；剩下的一些人，他们只能记取一点点片段和个别的句子，因为那些吟唱毕竟不是来自他们的心灵，那是别人的，是他的，是那个五短身材的贫困的人。

这里必须指出：诗人一般而言是必要贫困的，农民诗人更是如此，或者说农民诗人也不例外。在城市，甚至在国外，也并没有多少特别富裕的诗人。变质的诗人可以过得马马虎虎，纯粹的诗人好像就必要忍受贫困。像我所看到的这个诗人，就是这样。我进过他的院落、土坯房，亲眼看过他的生活。他的房子甚至没有砖石做的墙基；瓦顶刚刚换成，前不久还是草顶；土坯院落上，是没有上漆的一扇薄板门——而在不久以前这还是一扇柴门；泥院坑坑洼洼，上面满是鸡粪和草屑，一些灌木枝条……我不知这样的小泥坯屋，一旦来了大一点儿的雨水会不会坍塌。好像这儿近些年不曾出现过那样的雨水。

我曾在诗人热乎乎的土炕上攀谈过。当我郑重地请他把那些我印象当中最有趣的诗句复述一遍的时候，他显得作难了。他说得断断续续，远远不及在田边和村头那么精彩。我知道他需要激动，而我唤不起他的那种激动；他需要迎合，需要刺激，需要群情振奋，需要这种所谓的“场”来给予刺激和配合。

尽管如此，他还是吟出了很多。我问他那些听来的部分——如何记住？为什么能够听到一次，就几乎一字不差地转述？他的脸红了，好像我是第一个指出他是“听来的”，是转述。他说：那怎么会忘呢？那比自己编还不是容易得多！我当时听了觉得有道理，可后来一想还是费解——这需要多么好的记忆力，这简直有点神奇了。但我又想，这种超群的记忆力可能更多地来自他对一种艺术形式极度的、出于生命本能的挚爱——是巨大的挚爱才让他焕发出巨大的捕捉力和记忆力——他觉得听到的这一切是如此有趣，简直不可多得，也就紧紧揪住，使它再也不能失去……这个情形在一般人身上也同样可能发生。

我指出他是一个名副其实的农民诗人，是指我亲眼所见、亲耳所闻，特别是身临其境的那种感悟和判断——我知道他会沉浸，会感动，会深深地感动；他会追逐一种意境，用自己所习惯了的形式加以表达。而这形式更为直接明了，更能达到他所神往的那个境界。有时候，他的吟唱还具有一种史诗意味：这正是生于民间、土生土长的一类艺术家的共同之处。他们编年史式的诉说和记忆，有时候会不知不觉地踏入史诗领域。

一个宗族，一个村落，一个地区，所发生的一些大事，险峻、怪异，值得被后代人所记起的一些事物关节，都在这种吟唱中被如数地穿起。他们在诗的丝线上娴熟自如地拨动那些彩色的珠子，一串又一串。有时候他们添上一两枚，有时候他们减去一两枚——一首长长的史诗就这样诞生了。而且他还在接续上去，没有头尾……这就是所谓的民间文学，所谓的诗和史的结合。

最后——现在——当我终于记起他来，终于让兴趣、好奇心以及工作上的闲暇凑合在一起，催促我去认真探究和寻找的时候，才发现真正地晚了。农民诗人不在了。

他好像不是直接死于贫困，而是死于沮丧。因为后来电视机有了，通俗歌曲有了，牛仔裤有了，录像机、影碟机有了，什么都有了，钱也有了——这是指周围的人——当他们一切都有了的时候，往昔那样的聚会也就没有了，村头和田边地垄的集体劳动也就没有了。诗人再不能把他的吟唱和冲动完整无损地交给身边的人，即便是他的妻子和三个孩子——他们也像别人一样忙，没空听自己父亲的“穷说”。他感到无处吟哦，就只能自言自语；偶尔一两次有几个听众，也不多。今天，他的吟唱更多换来的倒是嘲笑和怀疑的眼神。

这个时代，好像从城市到乡村，都无一例外地丧失了欣赏诗的能力。诗人寂寞了，沮丧了，后来也就死去了。

他死去很多年之后，人们好像才突然记起了什么，有人一打听，他们立刻一齐大声感叹：他呀，那个人，哎呀，不简单！

就这样一个不简单的人，当年却没有人帮过他，不论是物质还是精神，都没有给予他什么援助。真的，他是寂寞而死，忍受而死，特别是——沮丧而死。他对许多许多都感到沮丧。如果我能及时赶来倾听这吟哦，就一定会听到他吐出的沮丧的内容，沮丧的节奏……这同样是诗。没有了，来不及了，我赶不上他的吟哦了。

我去看了他的坟头，很小，在荒野里孤零零的。奇怪的是这个村子的坟头大致是垒在一处的，那是所谓的族坟地，而这个诗人明明属于他们一族，坟头却孤零零的。它这么矮小，上面的荒草长得稀稀疏疏——好像荒草也不愿到这儿来生长。我不知道，也不想问。生前给别人带来那么多享受和欢乐的人，到了晚年，特别是死后，却要如此孤寂。

看来，现在，即便是另一个世界的人，也不需要诗了。他们不需要一个人的激动的吟唱，不需要倾听。

不知是后人的决定，还是他生前的遗嘱，让其做出了这样的身后选择：孤独。

盯着这个坟头，蓦然想起了他的音容笑貌：激动的样子，头颅向上仰去，眯着眼睛，嘴巴颤抖；他黄黄的脸色——还有，我仿佛在什么场合见过他头上捆过一条土黄色的粗布……这个平原上的人是没有这样的衣着习惯的，但我越来越认定，没有错，他头上的确系过那样的粗布：这使他看上去更像一个弄小杂耍的，愈发滑稽和无足轻重，不过也更加让人难忘。

我长久地看着他的坟。我在想：如果有人把他所有的吟唱都记录下来，那该是多么了不起的一个长卷。那种丰富、瑰丽斑驳，是足以让好多领受风骚的所谓大诗人感到脸红的。

真的，我见过这样的一个人，我跟他交谈过，他的家在一个叫“灯影”的地方。我现在不过是记下自己所看到的一个奇迹，如此而已。

失冬雪

记忆中那个犄角，那个平原，特别是近海平原上那漫天铺地的大雪，是非常令人害怕的。有时简直不敢回想。可是后来，越是接近现在，越是怀念那样的大雪。

好像那时候更像冬天，那才是真正的冬天。大风，大雪，雪的山岗，雪的茫野，雪的故事。这是欢乐的故事，也是悲惨的故事，不敢回想的故事。我很难划一条界线，指出从哪一年开始，我们失去了那样的大雪。不过真的会有一条界线，跨过这条界线，就进入了无雪或少雪的冬天——直到现在。

而界线的另一边，仍然是漫天大雪……雪把一切混淆了，弄成一个颜色，铺展到天边，而且融化得很慢。整整一个冬天都是雪的世界，洁白的世界。春天来得很慢，但春天真正有一场大融化，大复苏，有一场冷热大置换。在暖流扫荡了一片寒冷堆积之后，烂漫的鲜花开放了——那该是怎样振奋人心的一件事情。

就在那条界线之后，一切都截然不同了。整个犄角上漫成一片无边无际、像海洋一样的鲜花没有了，它们变得寥寥无几。雪花和鲜花之间好像有着某种默契，做着历史的配合似的。失去一起失去，稀薄一起稀薄，丰盛一起丰盛。在失冬雪的同时，我们也可以说失去了鲜花，失去了一个盛大的春天。现在的春天温温吞吞，不急不躁，不浓烈也不激昂，平平淡淡地开始了。是的，没有冬天的峻厉和残酷，就没有春天的浪漫和温暖。总之让人铭心刻骨的东西，正在渐渐丧失。

这或许是一个时光运转造化的神奇隐秘的规律。可叹人生短暂，我们无力做出这种大观照，只得在记忆上寻找一点儿对比，发出一点儿慨叹而已。斗转星移，古代蛮荒与现代文明，石斧石镰与计算机软件——这当中经历了多少，转化了多少。这一切绝非个体的生命所能够把握。

在这儿我只是回忆小时候的新鲜记忆，新鲜视野；是那个时候所摸到、感到、看到的一切，是其中的一件，比如说再平凡不过的雪。

记得傍晚只要看到天气不好，家里人就赶紧把一把锹收到了屋子里。为什么？就因为一夜的大风雪会把屋子埋去半截，门窗堵塞，人出不了门。这时候如果没有一把锹，该是多么危险和费事。我记忆中常常就是雪满院落，窗户堵塞大半，怎么也打不开门。那时候就得费力抽开门闩，从门缝里伸出铁锹，一点一点铲，一点一点活动，渐渐门扇开了半个；再铲，直到铲出一条通道，一条雪的隧道。这样钻出门去，呵一口气，又冷又热。

愉快是孩子们的愉快，蹦跳呼喊，在白雪地道里游走。

慢慢，许久了，如果我们不是自己把这条隧道捣破，那么太阳就会在上面留一层融雪，夜间再变成一层冰的硬壳——雪的隧道要过很久之后才会被太阳搞上一个溶洞，开一个天窗。

在海边，除了密密的丛林，再就是风和水的通道，大雪的通道。雪随着飓风奔涌，它们攀上沙岭，或干脆形成另一座高岭。而雪岭白天被太阳融化，夜晚又被寒气封住，这样交替的结果就是形成一座硬壳雪山，让我们在上面攀登、打滑，从这一个上坡出溜到那一个下坡。就这样滑动，呵气抵御寒冷，最终耳朵、手背和脚全部冻坏。我们就在这种多趣和折磨中挨过了冬天的童年。

冬天的乡村和原野，大小城镇的交通中断是再正常不过的事情。仿佛在当年交通没有变得像现在这么急迫和必要，现在如果有两三天交通完全中断，会造成很大的损失，成为了不起的大事。而当年几乎没有听说过这方面的焦虑。封路了，人们就抄着手偎在家里烤火，读一点儿书，讲一点儿故事，到近一点儿的地方勉强走动走动。最后实在忍不住了，才有一些人呼喊几声，领人带着铁锹或其他家巴什儿走出屋子。疏通道路蛮有趣，那时像切大豆腐一样，一块一块把厚厚的雪切开，再一方一方运到田里。一条窄窄的路就这样开通了。刚刚通了路人们就急于行走，快速地行走，不停地走，到深夜再顺着这样的路回家。

大雪常常把路边的井、田野里的窟窿，如数封住，于是就常常发生一些跌进雪窟窿里的悲惨事故。那时候走路都要带一根长长的木杆探试，探到沟渠、窟窿、水井等，就赶紧躲开。那时候的飞鸟和动物真是遭殃啊，它们很痛苦，要忍受寒冷和饥饿。这时候麻雀跑到院子里，我们就赶紧扬出高粱和玉米、饭菜渣屑，给予施舍。

因为很久没有看到那样的大雪，于是不再抱有希望。如今的情况是，常常整个冬天只落上薄薄一层，落上一两次三四次就已经蛮不错了。没有大雪的擦洗，天空，即便是原野海滨的天空，也要变得脏乱不堪。要知道今天的犄角平原已完全不是昨天，滚滚浓烟需要更多上帝的抹布。而大雪就是最好的抹布。没有了，上帝收走了。上帝也很吝啬。

记得有一年我在外地，犄角上来了一个客人，他一见我就马上瞪大眼睛，像报告一个重大事件，说：快回去看看吧，多少年没有的大雪了，完全像过去一样了！他伸手比画了一下。记得他是在腰部那儿画了一下。我也给震惊了，这么说一场深到腰部的大雪又开始降临那个平原了。

正好有事情，我就随他一起回到了故地。越往前走越是失望。齐腰深的大雪在哪？的确有一场不算太小的雪，但顶多也只小半尺。由于没有风，大雪很均匀地铺在地上。见不到过去那种高高耸起的雪岗，倒是平坦、安静地盖了一层。还好，几天过去之后，这雪并没有减去多少。要知道雪原的融化在冬季非常困难，只有到了春天才会加速消失。

一直往前，从犄角的东南部往东北走，然后到达从小生活过的那个海滨。

那里的雪也没有大上多少，仍然是不，以及足半尺。我笑了，后来我谅解了，完全是出于对过去的记忆，以及某种祈求和盼望，朋友做了夸张。这不过是一场中雪或大雪，很平常——在过去很平常。

尽管这样，我仍然在为这场雪庆幸，因为值得。要知道我们在失去冬雪的同时，也失去了夏雨和春雨。一般而言，我们这儿越来越干燥。失冬雪意味着什么？意味着失去丰饶，失去清洁，失去季节，失去一些带根本性的宝贵东西。

所以我很害怕。我常常害怕地想到这种失去。

祷　告

因为浅薄无知，很早以前我对于祷告，对于那些忙于祷告，遇到某种场合就一定要祷告的人，总是抱着游戏和嘲笑的态度。他们的这种举止究竟包含了什么，意味着什么？它与生命的关系是什么？我却很少思索。实际上我是没有能力去做这样的思索。

直到后来，直到前几年，我在这个犄角上遇到了一位可敬的老人，听到了她的祷告，才感到了什么。我觉得内心里有什么在摇颤。我想说，我有了一次非常重要的经历。这个经历甚至可以成为我的某种纪念。

长期以来，我们很难在宗教与迷惘之间进行判断，很难在有神和无神之间进行判断。实在讲，这种判断直到今天对我来说也是非常困难的。

老人七十多岁，十分健康，她的全部都是积极的、向上的。由于有了这一切，她的人生在最困苦的时候也显得不那么困苦。她一生所经受的煎磨，是人类经验中所认定的那种最可怕的煎磨，不仅贫困，还有屈辱，有各种各样的挣扎。这些都难以细数，但有一点可以肯定，她从未屈服，也没有简单地忍受，而是在信仰的指引下，坦然向前，勇敢面对。就这样，她料理好了自己和身边人的生活，帮助了他们，同时也帮助了自己的灵魂。这漫长的人生经历，这种有神的岁月，使她的双眼放出明澈自信的光，那更是善良的光。

她顽强地规劝我，引导我，但并没有强迫我。她是一个信徒，却并不妨碍自己与那些心中无神的人正常交往，尤其是不妨碍她向他们施予善良与恩惠。

她衣着简朴，为着一种使命，风尘仆仆地来往于城镇乡村。她蹬着一个三轮车，从城市的中心向海滨进发，一口气可以行驶二十多公里，到她要去的村子里去传播认识，去送达神的意旨。

当她的亲人病了，或者是谁遇到了艰难险阻——她的孙子、她周围的人、朋友，或者毫不相干的人，她都会在心里为他们祷告；为民族、为国家，她祷告；为天运时势，她也祷告。从细小到巨大——说起来也许没人相信，她都为之祷告。

有一次我的电脑出现了故障，那么急于排除却又不能。当时我身处偏僻之地，找不到一个专家。我一筹莫展，真是抓耳挠腮，焦头烂额。就在这时她知道了，立刻从很远的地方赶来——她一进门就充满深情地看着我的电脑，然后开始了祷告。

她说："电脑啊，电脑啊，你呀……"她用这种口气开始。当然她仍然要说到她的神，而且重要的是说到了我——说我是一个善良的人，神对我的拣选和爱……她寻找一切理由诉说。

我被感动了，这感动变得越来越深长。

临走的时候，她让我相信，让我等待；她说一切都会好的，让我增强自信。最重要的是，她让我面对这一困难，在任何时候都不要颓丧和失望，让我多想办法，行动起来振作起来。

她说对了，几乎一点儿也没有错。

她走后，当然电脑故障仍在；不同的是由于她的祷告，我的颓丧没有了。我开始变得轻松，携上它迅速离开。

后来当然是找到了一个人，当然是他帮我排除了故障。

如果没有那个老人，我是不会这样做的，我只会弄得一团糟，会把身边搞成一团乱麻，会像过去一样用拳头去擂我的电脑——而因为她的缘故，我却能用慈祥的目光看着这个曾经给我很多欢乐和帮助的、辛辛苦苦的电脑。我看着它，知道它有生命，它仿佛正与我对视——它祈求我的帮助，它病了。我不能拳打脚踢一个病人，不能对它粗暴。就这样，我伴着它，坐着我们的"救护车"去找"医生"，找"医院"……

这就是整个过程。

我现在进一步认定，对于时下、对于我们所处的这个完全陌生的“现代”，无论对于有神者还是无神者，祷告都是一件善事。祷告有时候是勇敢的——不，许多时候是勇敢的；祷告让人坦然、虔诚、善良。信仰本身是伟大的，我们如果陷入一个没有信仰的群体，那其实是很不幸的。

信仰是多种多样的，多种形式的。信仰是一种纯粹，有了纯粹也就有了信仰。在这里，纯粹可以带来各种各样的祷告：有声的无声的，有形的无形的。纯粹的人才可以创造，可以生育，可以硕果累累，更可以健康，可以享用和欢乐。因为纯粹的人知道这一切意味着什么，它的源泉在哪里。

正是这样，我会一直记着这个老人，记着她祷告的声音。她是我生活中的又一面镜子。

我的这个认识将使我走向深刻，而非其他。

1999 年 6 月 1 日一稿，1999 年 6 月 24 日二稿

求学今昔谈

《贝壳》的由来

谈到过去，谈我们当年做学生的一些事情，好像就有了许多话要说。那是三十多年前的事了，学校内外的情况与今天差别很大，特别是文化环境的变化就更大了。说起三十年前我们校园的文学生活，跟今天对比一下可以看出许多不同。

当年求学的情景还在眼前。当时恢复高考不久，每一级的入学间隔时间还没有调整好，三个年级的学生在学校交会的时间很长。这就有了更多相互交流和学习的机会，不同年龄、不同地区的人在一起，说话南腔北调，特别有意思。

当时热爱文学的同学比现在多，中文系差不多是百分之九十以上。上课谈文学谈语言，下课更是如此，大家常常就新读过的作品讨论争论起来。20世纪70年代末，国内各大学都成立文学社团，据说与“文化大革命”前的传统是一样的。我们学校中文系有两个文学社，后来合办了一个文学刊物，那就是《贝壳》了。

一开始我们文学社的几个人拟了好几个名字，找系主任肖平老师决定，他看了看说，就叫这个吧，我们在大海边上，等于是拣回了一些美丽的贝壳。

第一期是手刻蜡版印出来的，这在我们眼里漂亮得不得了。后来才是打印的，那已经是更高级的东西了。

我们刻蜡版的同学有一手好仿宋体，设计封面和插图的人能写能画，总之人才很多。那时学生当中不完全是稚气的小脸，还有三四十岁的人，他们具有丰富的社会阅历。

那会儿即便是刚刚二十多岁的人，也觉得自己经历了很多事情，什么都懂，一副成竹在胸的样子，所以现在一看到青年人的那份骄傲，总是十分熟悉和理解。人应该有这股劲头，这是冲劲。当年认为自己什么都懂了，天文地理无所不晓，而且能够迅速地阅读，牢牢地记忆，顽强地消化。在这种情形下进步肯定是很快的。

除了上课，再就是尝试写作。有的写诗，有的写小说和散文。小说一般被认为是最难的，篇幅长，还需要有人物和情节。过去说的“写书”，就是指写小说。怎样塑造出一个有血有肉的鲜活的人物形象，对我们大家都是一个诱惑。要写出丰满动人的人物，教写作的老师不停地举例子、强调，所以反而让人有了神秘感。

初学写作，最难的就是写出一个鲜明的人物形象。当时处心积虑地想个不停，主要是围绕“人物”。

我们有了刊物，就分别写稿，分开栏目，各自完成“主打作品”。那时好胜心极强，一心要超过其他院校寄来的社团刊物。当年铅印的院校刊物还不多，在今天看来都是很简陋的。不过当时并不这样看，只觉得寄来的所有刊物都香气逼人。这仿佛是一场较劲的比赛，既有趣又费力，吸引了四周很多的人。

同学们飞快传递彼此的一些阅读信息，总是非常兴奋。比如说一个人在阅览室里读了一篇刚刚发表的作品，就赶快告诉大家。什么刊物出了一个新的作者，哪一篇作品产生了影响，大家心里清楚极了。那时候没有网络，基本上也没有电视，就靠阅览室来满足我们。问一下，可能大家印象最深的地方就是那间大阅览室了，我们在那里度过了很多欢乐的时光，产生过很多激动。

还记得第一次看二十多英寸的彩色电视，是在中文系合堂教室里。看的第一个话剧是曹禺的《雷雨》，不久又看了德国作家席勒的《阴谋与爱情》。那种激动如在眼前：回到宿舍里已经很晚了，还要讨论剧情，大半夜了都不愿睡觉。看文学作品也是这样，当年任何一个有影响的短篇小说或散文都不会被我们忽略。

由此来看我们热衷于办文学社和编刊物，也就容易理解了。

现在的标准

那时每年都有全国小说评奖，一次评出二十篇小说，我们谈论最多的话题就是哪一个作品能够得奖。就像打赌似的，每个人列出一个二十篇作品的单子，只等新闻联播公布结果。可见那时的文学公信力之强。一连几年，大家猜中的都在十几篇，这与今天完全不同。如今不要说在校的大学生了，就是著名的专家也猜不出。原因就是现在的文学标准改变了，变得空前复杂。

有人可能说现在的作品多了，出其不意的情况也就多了；还有一个重要的原因，就是我们现在的文学写作五花八门，这就不好掌握统一的标准了。其实文学怎么会有其他的古怪标准？它只能是一个文学的标准，只能是坚持这个标准的问题。如果社会变得混乱无序了，没有是非了，文学的标准当然也不会有。

有人固执地说现在是一个没有标准的时代，因为随便什么东西都被“解构”了，说不清了，无论什么事物，说好说坏都可以。还有人认为“真理”也是不存在的，世上没有永恒的真理，只有相对的真理——这样的时代难道不是很可怕吗？因为到处都是这种“相对”，人们也就不再需要去追求真理了，因为凡事此一时彼一时，可以得过且过。生活在这样的人群里还能再谈文学，还值得再谈文学吗？不可能也没必要了。因为在这个世界上，不追求真理的族群不可能拥有真正意义上的文学。

关于写作，没有文学的标准，那就一定会有其他的标准来代替，比如商业的标准、对某种利益集团有用的一些标准，这都与文学无关——不，这只会对文学产生极其严重的伤害和扭曲。文学是人的心灵之业，对文学扭曲了，对人也就扭曲了，这个社会也就变得畸形了。

过去我们大致都知道什么作品是好的或比较好的，什么是不好的，现在则不知道了。那时候我们还幼稚，只二十来岁，没有写出更多的书，也没有读到今天这么多高论，可是我们还算清楚地知道自己向往什么，什么能感动我们，怎样的作品能够引领我们的心灵走向更美更善。现在反而犹豫不决了，我们有可能变得更高深了，文化的文学的视野也比过去变得不知开阔多少倍，结果也就变成这样的无所适从。降临到我们身上的是真正的厄运：丧失了判断的标准。也就是说，我们已经没法弄清哪些是好的作品，哪些又是不太好甚至是很坏的作品了。

有时候我们刚刚被一部作品深深地感动过，比如说被它的语言、被它的故事和人物、被它蕴藏的某种东西给激发起来——可是我们一直信赖或比较信赖的专业朋友看了却很生气，说这分明是一部很坏的作品……类似的例子或正好相反的例子数不胜数。这样时间久了，我们就给弄糊涂了，不断地怀疑自己。最后，我们不得不试着放弃一直秉持的一些标准。

有人会说世上再也没有比艺术这种东西更难掌握的了，它有一万个标准，有千变万化的奇特因素。可是我们也知道，它尽管复杂，仍然还要我们去读、去感受吧，仍然还要落在我们的良知里，被我们的知性过滤和筛选一遍吧。也就是说，无论怎样怪异，也并不等于没有标准了。

如今网络上滚动着无数的“文学”，书店和地摊上也摆放着无数的“文学”。各种读物像海洋一样涌过来，这一切在有标准的人那里，哪怕稍稍加以停留，也会让人心烦意乱。这种拣选的工作量是巨大的，能把人累得崩溃，所以一个适时而至的办法，就是认同这个时代的无标准说。没有标准是最好的，最省心了，怎样都行。也许现代真的不再需要标准，因为从世界范围来看，我们来到了一个重商主义时代、物质主义时代，人们不需要文学也能活得挺好。

如果这一切是真的，那么这大约也就是非人的时代了。动物不需要精神生活，只要满足了口腹之欲，它们一定是很高兴的、欢欢乐乐的。

访师散记一

从很早起就向往写作，并且听信了一个说法，就是干任何事情要想成功就必须寻一个好老师。这个说法今天看也不能说就是错的，只不过文学方面更复杂一些罢了。

记得自己从很早起就在找这样的老师，这里不是指从书本上找，而是从活生生的人群当中找。我曾想象，如果真的遇到了这样的一个人，我一定会按照严格的拜师礼去做。听说有的行当拜师需要一套烦琐的程序，比如磕头上香、穿特别的衣服之类。这一套我是很烦的，但为了有个像样的、令人钦佩的老师，我也会不打折扣地马上去做。

最大的问题是很难找到这样的老师。他们在那个年头里非常稀缺，这与现在是完全不同的。现在文学方面可以做老师的人多得不得了，每一座城市里都有一批，而且经常可以看到挂牌营业的人。那时则不同，文学爱好者很多，能做老师的人很少。有时候我们觉得某个人完全可以做老师了，但你一旦真的要拜他为师，他就会吓得赶紧走开。

我从十几岁到二十几岁这段时间里，游走的地方很多，虽然是为生活所迫，但其中还是少不了文学内容。我把交往文学朋友和寻找老师这二者很好地结合起来，一听说哪里有老师就赶紧跑了去。这种访师寻友的传统可能主要是东方式的，翻翻我们过去的历史，其中有很多流派师承这一类的故事，有“一日为师，终身为父”这样的说法。我对师父和老师一直是非常尊敬的，比如说我永远不会对老师辈的人说出不恭之言，只不过为了“一日”而“终身为父”，似乎还做不到。

在我们东方，做一门艺术或一门手艺，没有师承就很成问题，一个专业人物出门混事，人们总会问起一个最基本的、自然而然的问题：你的老师是谁？这等于问你是不是出于正门，有没有专业上的渊源。没有一个名声很大的老师藏在身后，要从事专业会是格外不顺的。当然，我当年急于寻师绝没有想过这么多，而只是为了快些摸到入门的路径。在许多人眼里，文学写作是很神秘内在的一门学问，尤其需要高人的指点。

从书本里学习是重要的，我当时所具有的一点儿写作能力，可能绝大部分还是来自书本。我看了好的作品就模仿，就是这样开始的。可是我还是有点儿心虚，因为没有老师而忐忑不安，就怕有人猛地问我一句：你是跟谁学的？你的老师是谁？所以我一方面因为进步和开窍太慢，恨不得一口吃成个胖子；另一方面也深受中国从师传统的影响，极想投到一位老师门下。

在初中读书时，我不知听谁说有一个很大的作家，这人就住在南部山区的一个洞里，于是就趁假期和一个同学去找他了。当年我们的学校就在海边，认为这里偏僻得像天涯海角；而南部山区看上去只是深蓝色的一溜影子，完全是遥远的另一个世界。我们真的要闯一闯大山了，并且是去找一位住在山洞里的高人，只一想就激动不已。

记得我们两个人骑了自行车，带了水壶，蹬了快一天的车子，这才来到了山里的那个小村——它原来不过是村名里有一个“洞”字，高人本人并不住在山洞里。这使我们多少有点儿失望。同样失望的还有大山，它也不是从远处看到的那种深蓝色，而是土石镶嵌，粗粝粝的，树木也不太茂密。

急急地打听那个老师，有人最后把我们带到了一间水汽缭绕的粉丝房里，指了一下蹲在炕上抽旱烟的中年男子。他的个子可真高，双眼明亮，手脚很大。我和伙伴吞吞吐吐说出了求师的事情、我们心里的迫切。他一直听着，面容严肃。这样待了一会儿，说那走吧，跟身旁的人打个招呼，就领我们离开了。

原来他要领我们回自己的家，那是一间不大的瓦房。进屋后他就脱鞋上了炕，也让我们这样做。大家在炕上盘腿而坐，他这才开始谈文学——从那以后只要谈文学，我觉得最正规最庄重的，就是脱了鞋子上炕，是盘着腿谈。这可能是第一次拜师养成的习惯。

他仔细询问了我们练习写作的一些情形，然后拿出了自己的稿子：一叠字迹密密、涂了许多红色墨水的方格稿纸。它们被装在炕上的一个小柜子里，我们探头看了看，有许多。可是发表在报刊上的并不多，在他订成的一个本子里，大致是篇幅极小的剪报。我和伙伴激动得脸色通红。这是一些通讯报道。

老师一个人生活，老婆不孝顺爹娘，被他赶跑了。他与我们交谈时，主要强调了两个问题：一是自己要孝顺，将来找个女人也要孝顺；二是写作要多用方言土语，这才是最重要的。

访师散记二

第一次拜师的经历是永远也不会忘记的。我和伙伴从南山骑车回来，一路上兴冲冲，一点儿都不觉得累。我们最高兴的，是从今以后终于有了一位老师，这不仅是我们在文学上能够得以飞快进步的重要条件，而且还让我们有了一个不会轻易宣称的秘密。我们可能告诉别人在写作这方面已经有了师父，却不会说出他的名字来。

本来事情是非常顺利的，但最美好的事物往往格外要费些周折。大约是从南山回来的第一个学期，我因事出了一趟远门，回来正准备再次去看望老师，就听到了一个噩耗，老师因为脑中风突发去世了！这是伙伴告诉我的，绝对没有错。望着伙伴的两道长泪，我紧张得一时说不出话，一会儿也哭了。

在没有老师的日子里，我们努力实践着他的教导，一方面在家里对长辈顺从，尽可能忍住不顶撞他们；再就是在文章里使用了很多方言土语。后者让学校的语文老师很不耐烦，但我们仍然坚持下来。

不久我们又听到了邻近一个村子里有一位代课老师，这人也是一位作家，就急急赶了过去。原来这人只有二十多岁，留了分头，鼻子很尖，父亲是本村的村头。尽管看上去有点别扭，我们对他还是诚惶诚恐的。他十分傲慢，根本就不正眼看人，只把我们领到一间屋里。一进屋我们就吃了一惊：

整整一面墙都用红笔描画出光芒四射的图案，而放射光芒的最中间是比巴掌还小的一个红方框，里面粘贴了一小块剪报。那当然是他发表的作品。

因为他极其严肃，我们都不敢开口。可是沉默了一会儿，他开始询问：家庭出身？年龄？所在学校？我们结结巴巴的，他就训斥起来……我和伙伴不知怎么就踉跄着出来了，头也不敢回一下。

这样一直到了半年之后，一个偶然的机会让我们知道城里来了一位真正的作家。这人要为本地一个先进人物写文章，所以要待上一段时间。我和朋友最终还是设法敲开了他住处的门，恳切地表达了拜师的愿望。这人长得比住在大山里的第一位师父差多了：矮个子，圆脸，花白的头发很长，多少有点像老太太的模样。他戴了一块表壳发黄的手表，我们以为是传说中的金表，极好奇又不敢多看。他非常慈祥。交谈中，他主要谈了文章中要多多描写景物，并且一定要与人物的心情配合起来，并举例说：文章中的人如果烦恼，就可以描写天上乌云翻滚；反之则是万里无云。

我们回来试了一下，觉得并不难做，而且收效显著。

正在我们为即将拥有一位新的文学师父而庆幸的时候，巨大的打击来临了。那是第三次去找他的时候——老师已经结束本地写作回到了他的城市，我们就坐长途汽车奔去了。按照地址登上一座楼，惊喜地见到了师母。她说老师正在里屋休息，让我们过两个小时再来。我们按规定时间去时，却发现门上有一把大锁。我们先是在门口等，然后到街上转，回来看还是那把大锁。最后一次大锁没有了，敲门，门却再也没有打开。

为了弄清原因，我们回到了本地小城，找到当时接待老师的一位干部。想不到他见了我们，面孔一直板着，特别是看我的时候，目光里有十分厌恶的样子。这样待了一会儿，他总算说话了："你们再不要去缠他了，那样身份的人能收你们做学生？家庭有严重历史问题……"

我觉得头皮有一种悚悚的感觉，什么话也没有说，扯扯伙伴的手就出来了。

这之后就只能从书本上学习了。这当然最有效最可靠，且不会遭到拒绝和呵斥，但还是有一种投师无门的痛苦，隐隐地鲠在了心底。随着时间的延续，日子长了，我觉得没有老师还是不行，甚至觉得这是很糟糕以至于很不祥的。

那时我多少把文学写作当成了一门手艺，后来才知道，这种认识虽然有些偏颇，但其中纯粹工艺的部分也还是有的。让师父"传帮带"，这是任何行当手艺传承最基本最有效的途径。

就这样，直到我初中毕业，不得不一个人到南部山区游走的时候，还是没有找到师父。我在山地走走停停，做过不少活计，生活自由而辛苦，是最难忘的一段日子。这段时间里还是爱着文学，除了不断地找一些同好的朋友互相学习和取暖，还要忍住一个念头时不时地从心底萌发：找一个文学师父。

只要听到了哪个地方有年纪稍大的、有过一些文学经历的，我就要跑去看一看，以便在适当的时机提出拜师的请求。曾经有过一两次差不多眼看就要成了，只因为两次拜师所遭受的打击，最终还是没有开口提出。除了这个原因，另有一个深层的原因，就是我对他们能否长期当成师父多少有点儿怀疑。首先是长相：我印象中师父的概念是由第一次求师的经历形成的，即这个人要体体面面，像个老师的样子才行。第三次拜师不成的那一位虽然并不高大，像个老太太似的，但样子总算和蔼可亲。而后遇到的都不尽如人意，有的油胖胖的，有的举止粗鲁，反正都不太合乎老师的概念。

有一个很大的机会说来就来了，这一次真是上天对我的恩赐。有一天我正在一个村里的朋友家玩，突然听说这里来了一位百年不遇的人物，他是一户人家的亲戚，以前是在某大出版社工作的，如今因为思想问题而离职了。那户人家正在招待他，这会儿正在炕上喝酒——照理说我应该在人家酒席结束的时候再去拜访，可因为实在等不得，就让人领着进了门。

那人真的是与常人大不一样：穿着灰色中式衣服，戴着黑色宽边眼镜，面庞白细，文雅无比。他吸烟，使用透明的长杆烟嘴。我把一叠稿子捧上去。他放下筷子，耐着性子当场读了几篇，很快对旁边的人，也是对我，说出了一句让人永远难忘的话：“有才。不过真要成熟，还要十年。”

他怎么就不说九年？或者再短一点儿，八年不行吗？十年，这是多么漫长的一段日子啊！

那天我兴奋不安地待在他身边许久，直到他离去，自然没敢提出“拜师”二字。他走了，后来就再也没有见到他。

一直到上大学之前，我始终没能拜上一位文学师父，但是上了中文系，也就自然而然地有了老师。这真是我的幸运。

大地上的文友

我上大学之前没能成功地拜师，却得益于形形色色的文友。这是一想起来就要激动的经历。那时我在山区和平原四处乱跑，吃饭大致上是马马虎虎，有时居无定所，但最专心的是找文学同行。我在初中的文学伙伴离我很远了，并且他渐渐知难而退，常常是有心无力了。一说到写作这回事，无论是山区还是平原的人，他们都叫成“写书”，或者叫成“写家”，说：“你是找写书的人哪，有的，这样的人，有的。”接着就会伸手指一下，说哪里有这样的人。

我在县城和乡村都先后遇到过一些“写家”，这些人有的只是当地的通讯报道员，有的是写家谱的人，还有的是一个村子里为数极少的能拿起笔杆的人。真正的文学创作者也有，但大多停留在起步阶段，就是一般的爱好者。他们年龄最小的十几岁，最大的八十多岁。

不论这样的人住在多么遥远的地方，我只要听说了，就一定会去找他。有一次我知道了一个真正厉害的“写家”，他住在一座大山的另一面，就起早背上吃的喝的翻山去找了。原来这是一个快八十岁的老人，白发白须，不太愿意说话。他年轻的时候在城里待过，所以算是见多识广的人。村里人都说他“文化太大，不爱说话”。他仔细问了我的前前后后，又翻翻我的“作品”，这才多少接纳了我。

原来他正在写的书已经进行了好几年，是“三部曲”。他将其中的“一曲”给我看了，我发现是用半文半白的语言写成的，主要记载了一生的经历，夹叙夹议。他说这叫“自传体”。其中我记得最有趣的是写当学徒的一段：东家女儿看上了他，他至死不从，以至于半夜逃离……“这闺女原是很美的。”他在一边解释说。

我照例坐下来读了自己的作品。他闭着眼睛听下来，像吃东西一样咀嚼着，又吞咽下去，这样半晌他才睁开眼，说：“你好歹毒啊！”

我吓了一跳。后来我才知道，他这是在表达一种极度的赞扬。他伸手抚摸自己摊在炕上的作品，说：“你看，我写得多歹毒啊！”

那些年我发现散布在山区和平原的各种“写家”可真多，他们有的富庶有的贫穷，有的年纪大有的年纪小，但一律酷爱自己的文学：写诗、散文和小说，有的还写戏剧，写好之后就在自己的车间或村子里演——看他们自编的戏剧简直有趣极了，那些特别的情节和场景永远都忘不了。有一次我被一位山村里的黑瘦青年邀请，说今夜村里要上演他编的一部大戏。

那出戏的演出离现在几十年了，记忆中内容大致是与村里坏人斗争，群众取得了胜利之类。记得最清的是一个游手好闲的“二流子”，手拿一个大红苹果从台子一侧上来，而另一边是一对青年男女亲热地上场。“二流子”斜眼看着那边的两个人唱道：“我手拿大苹果，她爱他不爱我……”那婉转悲切的唱腔让我一直不忘。我无比同情那个失恋的“二流子”。

还有一次我住在一个小村里，房东的女儿恰巧就是一个“写家”。她刚十七八岁，公社广播站就已经播发了好几篇稿子了。她胖胖的，穿了大花衣服，平时爱说爱笑，只是一写起来就伏在桌上，谁也不理，一边写一边流泪。我们交换作品，她喜不自禁，一边看我抄得整整齐齐的稿子一边红脸掩面，说：“哎呀哎呀，你可真敢写啊！”我知道她看到了什么：那是青年男女刚刚萌发的若有若无的情感，是这样一些段落。

我所经历的最大的一个“写家”是在半岛平原地区。记得我知道了有这样一个人就不顾一切地赶了去，最后在一个空荡荡的青砖瓦房中找到了他。他几乎没怎么询问就把我拖到了炕上，幸福无比的样子，让人有一种“天下写家是一家”的感觉。他从炕上的柜子里找出了一捧捧地瓜糖，我们一块嚼着，然后进入“文学”。他急着先读，让我听。可惜他的作品实在太多了，一摞摞积起来有一人高，字数可能达到一千万以上。这个人多么能写作啊，这个人的创作热情天下第一。为了节省纸张，那些字都写得很小。

天黑了，他还在念。一盏小油灯下，他读到了凌晨，又读到窗户大亮。奇怪的是我们都毫无困意。

那一天我们成为好朋友。我觉得他是真正的“大写家”，是一位必成大事的文学兄长。他大我十多岁，结过婚，只因为对方不支持他的写作，他与之分手了。他曾给我看过她的照片：圆脸，刘海齐眉，大眼睛，豁牙，笑得很甜。

分手的时候我在想，为了文学而损失了那么好看的一位女子，这值不值呢？想了一路，最后肯定地认为，非常值。

书痴今何在

几十年过去了，这个世界变了。与更年轻的人谈那些文学往事，他们会觉得一切都像梦境。那些写书的痴子今天哪里去了？有的存在，有的没了，不知哪里去了。活着的，不一定像过去一样写个不停。死去的，活到今天就不知会怎样了。

这些年来我见过几个以前的文友，无论时下的境况如何，谈到过去的情景，无不神情一振。有的无论如何也打听不到下落了，他们不是像当年一样在大山的那一边，而是像隔开了一个世纪那么遥远。比如说，一个在七八十年代渐渐有些作品发表的人，几年后投身商场，如今音信全无。我问他最密切的一个朋友，对方说：“不知道，也许去了海参崴了！”

对半岛人来说，“海参崴”既是确指俄罗斯远东的一个城市，又是闯到关外更远更远的一个缥缈的指代。

那个边写边哭的姑娘嫁了一个远洋船长，船长脾气不好，喝了酒就打她。她在痛苦中写了一些诗，都是爱情诗。原以为她爱上了别人，最后才知道这些诗都是写给自己男人的——他越是打她，她就越是爱他。她认为男人打老婆，是半岛地区不好的习俗，不能全怪男人；另外，她认为男人生活极不顺利，自己又无法帮他，实在亏欠了他。

那个写“三部曲”的老人早就去世了，他的后代不愿提那些往事，当我把话题转到这上边来，对方就把话岔开了。

我一度最思念的就是那个写了一千多万字的人，但几次都没有找到。后来终于见面了，结果让我大吃一惊：他虽然年纪很大了，但剃了板寸头，两眼炯炯有神。原来他已经做了一家公司的老板，虽然公司不大。问起他的书怎样了？他说：“书？好办。等我挣足了钱，就把它们印出来，印成全集，精装烫金！”

他伸直两臂比画，那就是全集的规模。

最不愿提及的是初中时候的文学伙伴，他就是与我第一次进山里求师的人。许多年来他一直过着贫困的生活，可是热爱文学之心毫无改变，只是写得不多。我们见面时，他已经因为两次中风躺在炕上了，用最大力气握住我的手，摇动，说话断断续续：“咱老师……咱老师，和我一样的病，他走得更早……”

原来他还在怀念大山里的那个人。是的，尽管我们只见过他一次，但他毕竟是我们的第一个老师啊。

文学让我们更为珍视友情，朋友之间，师生之间，所有的情谊都不能忘记。仅凭这一点，文学也是伟大的。

2011年5月6日，于华南师范大学

阿雅承诺的故事

在重商主义时代，人们越来越意识到，较少功利心的文学写作是可贵和高尚的。南方报业集团设立奖项推动这种写作，旨在鼓励其中的优异者，使一个时期的创作变得更加活泼。这需要一种恒心，也需要一种远志。《你在高原》写了二十多年，从开始到结束，都需要克服一些困难，而朋友们则以各种方式直接或间接地援助了我——这里我要感谢你们，感谢你们对我所寄予的期望。

我在东部半岛那个地方生活了几十年，就像一个活动半径不大的皮糙肉厚的动物一样，一旦离开老窝就不太自在。记忆中那里是丛林茂密的海滩平原，而今早就变了模样，已经是无边无际的水泥丛林了；特别是夜晚，闪射着一些灯，让人想起猎人围捕时晃动的光柱。我曾经对一些朋友说起那片地方，讲起它过去的一些事情，他们全都听得津津有味。

一部书稿要写四五百万字，如果不是因为从二十年前就确认了这件事，并且半是职业习惯半是责任感地去一次次打磨它，我也会心烦意乱撒手不干的。我在其中重复了一个小时候听来的林中老人的故事，说的是一种叫阿雅的四蹄动物——就像一只幼鹿那么大，顽皮而聪灵，瞪着一双水汪汪的大眼睛看人。它无比可爱和忠诚，所以常常让半岛居民珍惜和器重。当时那里有个被今天的人视为愚昧的传统认识：家庭的幸福需要某一种具有超自然能力的动物保佑和帮助，这样家道才能长久。私下里有种看法：一些殷实人家的财富都不是空穴来风，那是因为暗中与某种神奇的动物有些交往，彼此大半有什么契约，结成了相互依存的关系。

阿雅是一只林中美物，机灵俊俏到难以形容的地步，我小时候一直想看看它的真实面目，结果还是没成。因为它一般来说都是昼伏夜出，只在暗中做事助人。传说中半岛上的人总是对不起阿雅，最后铸成后悔不及的大错。阿雅能够为一家人跋山涉水寻来金粒，赶在天亮之前投入这家摆放在窗台上的一碗清水中。可是一代代下来，金粒全都寻光了，阿雅就不得不付出更大的辛苦跑遍千山万水，最后找来的是更为珍贵的宝石。可是利欲熏心的半岛人只认黄色的金子，误以为这是变心的阿雅在羞辱他们，而阿雅又没有办法让人类听懂自己的辩解。结果半岛人就想出残忍的计策来除掉阿雅，结局是身负重伤险些丧命的阿雅几次逃离又几次返回，口中竟然还紧紧衔住那颗宝石，因为它对半岛人家有过承诺，是这个承诺在折磨它。为了一个承诺，它可以“虽九死其犹未悔”。

这个故事一直鲠在我的心里，我觉得可怜的阿雅有点像古代记载的“和氏璧”中那位认死理的犟人。求真与承诺的性格和品质，一般来说都意味着磨难，是悲剧的起源。不过我们又总是向往着“一诺千金”的品格，总是被它的崇高感所吸引。

故地重游的时候，我常常想起那只阿雅。其实这类故事在半岛地区很多很多，我以前试着将它们写进作品，后来又写进了这本长长的书中。小时候的经历很大程度上决定了人的一生，要写文章就会影响行文风格之类。自己的童年在林子里度过，各种野物和散漫的闲人遇到得最多，身上怎么会不沾染他们的颜色。比如那时候我有一个猎人朋友，他年纪大我许多，腿脚有毛病，用一种可爱的书面语来说就是“一个不良于行的人”——他背着一杆老枪，领着我在林子里晃晃荡荡地走，喝酒玩耍，不过是消磨时光而已，不记得当真开过几次枪。他对我讲了许多林子里的故事，既有阿雅一类，也有“儿童不宜”的一类。这些都被我日后写入了长长短短的作品中。

在今天这种场合讲创作体会就有点儿傻了，不过我仍然想说，我对林子和动物的喜欢，在很大程度上决定了我的文学内容。我对动物千奇百怪的美是很包容的，既喜欢精致灵巧的阿雅等，也喜欢憨憨的大熊和毛髭髭的野猪。有时候，我难免要将单纯的林野世界与人类社会加以对比，对曲折狭隘、势利粗鄙的现实境况感到厌烦和愤怒，于是也多少写进了这一类情绪和内容。发表了许多作品之后，有一年我再次见到了根本无猎可打的拐腿老兄，心里真是伤感。他好像一夜之间就老了，也概念化地嗜酒了，胡须猖猖着，恶狠狠地看着我。他并没说什么，但我似乎知道他对我选择的这个职业并不满意。

不满意也得做下去啊，因为我就像那个不幸的阿雅一样，似乎也有过一个承诺。有一天，当我对朋友讲完了这只荒野里的灵性动物，夜色已晚，仰头一看星星满天。至今还记得那个时刻的沉默，彼此都好像发出了一声听不见的叹息：人这一生啊，如此短暂又如此漫长，我们这辈子究竟能干点儿什么？还不就为了那个承诺在忙个不休？或许这就是所谓的人生的意义？

实在一点儿说，人和人的不同，不过是有的人有过承诺，并且能够认真地对待它；而有的人，从来没有……

2011 年 5 月 11 日，南方传媒杰出作家奖答辞

携一本书游走

我小时候，大概是刚能阅读一点儿文学作品的年纪，读过一本没有封皮的书。这本书严格讲只是一部残卷，因为前后都撕去了一部分，最前边一篇的题目只剩下三个稍大一点儿的字“暴风雨……”，所以我连这篇作品叫什么名字都不得而知，更不用说整本书的书名了。

这部残卷让我如痴如醉。它写了俄罗斯莽林，写了猎人和林中各色居民的生活，更写了无数的动物。这些处处洋溢着浓烈林野气息的文字，绵绵无尽的天籁，把我深深地笼罩和吸引了。

我当年也生活在林子里，那是海边的一处国营林场，林场又连接了几万亩滨海自然林和无边的荒野。书中景物与现实生活或可相比，我生活于其中的这片林野虽然远没有书中那么苍茫，但对一个少年而言也足够浩大了。最为不同的是林子里活动的人和动物：身边的林子没有那么多凶猛的大型动物，也没有那么多出生入死的职业猎人，更没有那么多惊天动地的故事。

这本书为我打开了一扇诱人的生活之窗。透过这扇窗户，我看到了世界上另一片神奇的土地。在很长时间里，我的神思一直跟着书中的人物和动物，几乎寸步不离，一起痛苦一起欢乐。那些猎人们的枪散发出的硝烟味，时不时地从我的鼻孔前飘过，让我永难忘怀。

这些文字让我入迷的原因，可能主要是它讲述的传奇故事、它展示的生活内容。时至今日，在经历了漫长的文字生涯之后，或许我想得更多也更明白：一切绝非那样简单。这部残卷传递出的是更为复杂和丰富的东西，它难以言喻，这或可称之为一位苏俄作家所独有的生命气质与文学个性。如果仅仅是一则则曲折的故事，大概不会有那样的魔力。

因为它是一部残卷，作者是谁，书名为何，我一直不知道。

那是一个书籍奇缺的年代，能够遇到这样一叠好文字真是太幸运了。可我当时毕竟还读了许多其他的书，其中也不乏经典，但最难忘最着迷的却是这样一部残卷。我的写作自然而然地受到了它的影响，比如我常常讲述林子里的故事，这也是我的少年经历；更有趣的是，我笔下的人物也常常要背一杆枪。的确，我当年也看到了很多猎人，并曾经跟上他们在林中蹿跑。林中生活和一些人的行迹让我如此难忘，当然是受到了那本残卷的影响。

长期以来，我深深地感激着一位不知名的苏俄作家。

十几岁的时候，我不得不离开海边林野，一个人在半岛地区游荡。我有一个背囊，里面装的全是自己的必需品，这当中却永远有着这本残卷，外加我写成的一叠叠稚嫩的文字。

由于太喜欢这本书了，我曾不止一次将它借给旅途上的文学朋友。我希望他们也像我一样喜欢，我们能够一起分享这道精神与文学的盛宴。这是怎样愉快的时刻。这使我们有机会一起畅谈林野和文学——那时看来这二者是不可分离的。那是多么难忘的日子。

万分可惜的是，有一次远行，我把这本书遗在了一位朋友那儿，归来时却怎么也找不到他了。生活匆促多艰，我当时站在路边，觉得两手空空，一贫如洗。后来许多年，我都尝试着寻找这部书，但一直没能如愿。

就这样，我失去了它。

我牢牢地记住了书的内容。我经常想念它，如同想念一位儿时的挚友。

我去城市上学，然后到了更大的城市工作，我最终从事专业写作，并且写出了上千万字。不一定什么时候，我会突然想到这部残卷。在深夜，偶有失眠时，我会想起它。

不难想象，我仍然没有终止寻找，还在一次次努力。问题是我弄不清这部残卷的书名与作者。转过了多少图书馆，长时间站在浩如烟海的书目前。这真的是太难了。我差不多不再抱有那个希望了。

互联网时代来临了，我可以在网上搜索，但没有书名也没有作者，这道难题并不好解。

一个好朋友（作家洪浩）听我说过这部残卷。他不仅是一个极为认真仔细的人，而且精于网事。某一天，在我完全没有预料没有指望的情势之下，他竟然发来了一则短信，上面报告了一个喜讯。我一开始不敢相信，电话里交谈了一会儿，详细说到了一些内容，我心里一阵滚烫。我们笃信不疑：是的，是它，这一回真的找到了。

找到了少年之梦、儿时挚友，它曾伴我游走四方……这一夜差点儿失眠。

朋友迅速将从旧书网上求购的仅存几本的书寄给了我。五成新。中短篇小说集。书名：《猎人的故事》；作者：阿拉米列夫；首篇：中篇小说《暴风雨前》。它出版于1957年的作家出版社。书的扉页上有作者的黑白照片，这让我久久端详：有些瘦削的长脸膛，深邃的目光。

从作者简介中得知，他生于1897年，仅仅活了五十七岁。

2015年4月23日

半岛渔村手记（节选）

水边蘑菇

走在海边，我们早已习惯了高楼林立。到处都是新建的现代小区，它们伴着碧蓝的海水和沙岸，让来自拥挤大都市的人看了满意，赏心悦目。这个世界变得太快了一点儿，海风吹拂之下，一切都在迅速改变，让人于诧异中又有些兴奋。

作为一个出生于半岛的人，对此地有诸多记忆，这时会不由自主地回忆过去：海滨的荒凉、质朴、贫穷，一些矮小的海草屋。不会忘记呼啸的海风，犹记不寒而栗的感觉。关于贫寒的岁月，回忆最多的不是炎热的夏天和收获的秋天，而是凛冽的冬季。

严寒给人留下惊悸，场景清晰。那样的日子是无法忍受的，每个人只想远远逃离，去寻找一个暖暖的小窝。忘不掉瑟瑟发抖的数九寒冬：漫天大雪，海风呼号。就是这样的风把人吹到远处，让人恐惧。半岛的冬天是最难过的，人们在这些日子里把取暖的东西看得比什么都重要，每一点儿烧柴都要堆积起来，准备过冬。关于严寒的记忆一生都难忘怀，那是故乡的疼痛。人离开了，走远了，好像就因为无情的冬天，是大风把人吹到了遥远的他乡。许久过去了，离家的人想起亲爱的海角，还是要想到它的冷，想到呜呜响的海风。

如果想到海边的夏天，则是完全不同的心情。在白沙上嬉耍，在水中畅泳的情景，同样是最难忘的，而且常常用来对外炫耀。我们宁可让夏天代表自己的家乡。

时光荏苒，一晃几十年过去了，而今就像变戏法一样，海边上矗立起一个全新的世界。此处看到的一切，与异地城郭简直如出一辙：高楼、柏油路、喧闹……这里只有水和空气、透明的天空和白色的沙子，是那样不同。一切都太美了，我们会在啧啧称赞的同时，责怪自己回得太晚了。也许我们早该成为这里的常客，不，成为这里的永久居民，因为这里从一开始就是我们的。

沿着海岸走过一程又一程，走得久了，又会滋生出一点儿遗憾。这里模仿来的建筑太多，一片片、一幢幢，几乎与其他城市完全相似。渐渐地，我们也感到了拥挤和压迫，心里生出了某些不甘。我们想让美丽的故乡有点儿不尽相同，希望她多少倔强一点儿。是的，这不是我们的海滨，这里被移植来的东西完全覆盖和遮蔽了。我们又一次搜寻记忆，发现其中既有贫寒也有亲切，还包括了自尊。原来自尊中溶解了我们的个性，这些全都悄藏在战栗的昨天。就带着这种复杂的心绪，我们继续沿海岸往前。

走过一程又一程，有人突然驻足叫起来。大家眼前一亮：这儿格外安静，前边出现了一片肥硕苍老的海边“蘑菇”。当然这只是比喻，实际上那是一片海草小屋。啊，久违了，它一下就将我们拉回了几十年前，心上生出一种烫烫的感觉。

此刻挺立在眼前的小屋就是昨天，它唤起的感受却不再是可怜巴巴的寒碜，不是穷苦和贫困，而是热烫烫的亲近感……我们又找到了过去，找到了自己，找到了深埋心底的乡情。我们突然明白：这才是远远不同于远方的一个世界，是一个我们真正拥有的、最值得炫耀的地方。

以前好像从未注意过海草小屋之美。瞧它多么丰厚啊，几乎把海岛石砌成的墙壁压得摇摇欲坠。海边人都知道，海草做成的屋顶寿命能够长达百年，远比现在各种先进材料制成的灰瓦和彩钢瓦耐久得多。脚下是深色海石砌成的巷子，踏着巷子向前，走进了一个深不可测的古老渔村。街上行人稀少，打听一下才知道，这个渔村已经申请了遗产保护，整个村子都变成了文物，上边有关部门会拨出专款维护它们。

走进小屋内部才知道，它从外观上看去质朴依旧，内里却经过了大力改造：抽水马桶、现代电器，总之时髦物品一应俱全。

据说这些小渔村里每年都要涌入大量游客。有的区段还开辟出专门的“艺术村落”，接待各种各样的画家、音乐家、作家和演艺人士。这些人免不了奇装异服，形貌迥异，有的男子脑后拖着长长的小辫，女子却留着板寸头。也有一些其貌不扬的家伙，沉默安静、木讷，看上去像呆子一样，据说那是更大的艺术家。那些大声喧哗的艺术家使小渔村有了生气，他们往往让当地人讶异，渐渐却又觉得再自然不过。

管理这些海边“蘑菇”的人说，那些外地来的艺人真是有趣，他们的古怪行为三天三夜也讲不完。“没有他们，这里也就完了。”“为什么就完了？”对方答：“那就和原来差不多了。”可见当地人还是喜欢奇人异事，希望在老旧的外壳内装下全新的东西，包括居住者。唯一让他们遗憾的是，这些海草房的空间太小，而且又不能拆毁重建。当年为了抵御逼人的寒气，房子不宜盖得过于高大，那就没法取暖。现在解决取暖问题已不在话下，可惜小屋窄窄的，也就只好在这逼仄的空间内尽量摆放一些现代化设施了。

设计者经过精心盘算，让室内变得紧致和有趣，并且在形态上多种多样。就卧榻来说，既有席梦思，也有过去的火炕。记忆中火炕才是小屋的主角，到了冬天，只有它才能让人安顿下来。一个很大的锅灶连着火炕，兴炊的时候，火炕就会烧得暖暖的。如果是天寒地冻的夜晚，火炕下边还要塞满大量的秸秆柴草，让人一夜安逸。

有个艺术村的负责人是一位小姑娘，一笑露出满口洁白的牙齿。她笑嘻嘻地看着我们说："老师，捐一些书给我们吧，咱有一个渔村图书馆。"她边说边引我们进入几幢小屋，里面果然摆了一些书，但数量还不够多。翻了翻，有相当一部分是应该扔掉的印刷品。我明白，这是那些想要处理垃圾书的人送来的。可是我们实在没有更好的办法收集更多的书，因为一般来说，很少有人会把自己珍爱的书送出去，那会真正心痛的。不到极特别的时刻，一个爱书人不会把自己珍藏的书送到外边，比如说送到海边的这些海草屋里。

我们心里有点儿矛盾。这里当然需要书，需要一个别致、美好的乡村图书馆。可是如果仅仅是等待捐赠，一座像模像样的渔村图书馆就永远也建不成。好像记得在别的地方也见过类似的书屋、图书馆，里面堆放的同样也有不少印刷垃圾。

书是美好的，人们歌颂书，把书当成文明的标志。实际上究竟有多少书籍配为文明的组件和载体，有多少书可以当之无愧地放在文明的殿堂里，还真的难说。这个存书之地十分朴素，海草小屋也非常可爱，如果让一些印刷垃圾玷污了，那真是太不幸了。我这样想，没有说什么。

我们无法使自己朴素，无法使自己内外一致地简朴下来，就像眼前的海草小屋一样：外部看上去似乎还是原来的眉目，内在的心情和思绪已经改变了，我们的心已被改造，它在追赶这个时代的潮流。这是无可奈何的事情，是一个人生悲剧。

前面巷子里响起了一阵喧哗，走近了才知道，那里正在举行一个揭牌仪式。“某某之家”又在成立。摄像、讲话、致辞、剪彩，大家都彬彬有礼和煞有介事。我们只好绕开一点儿往前。

海边渔村渴望现代化，渴望这个世界所拥有的一切，学习、积累、寻求，追赶最时髦的东西。我们在向一个遥远的榜样学习，这个榜样的方向大致在西边，经过层层传递，最后来到了东部沿海。我们做过的一切似乎都没有错误，可是仍然觉得这一切还是不能与这水边“蘑菇”相协配。就像它的内容和形式已经剥离一样，究竟该怎样，我们一时也没有更好的主意，没有高明的方法。我们只是知道，这片“蘑菇”太美了，它生长在水边已经有百千年，我们既想保留它，又想改变它。有时候，我们甚至想彻底摧毁它，然后由着自己的心性从头来过。就是这种极端矛盾的心情，让我们最终保留了它的外形，改换了它的内容，掏空了它的五脏，让它变成了一个昨天的标本，就像我们在博物馆里看到的那些动植物标本一样。我们需要这些标本，因为只有这些标本，才能让我们回到过去。

关于生活，我们有许多概念，这些概念新新旧旧堆积在心里，等待我们去演绎和落实。这是一个循环往复、没有终了的过程。我们常常没有任何办法冲破和打碎这些概念，无论什么职业，什么性格，所有熙来攘往的人，都不过是为了寻找一个概念而来。

就我个人而言，这些水边“蘑菇”给予自己某种满足，它让我由好奇转向怀旧。为什么会这样？我想自己和所有人一样，总想让另一个时空里的东西来激发和引领，走向不同的世界，比如走向记忆。这记忆越遥远越好，这激发越强烈越好，它指向未来，通往过去。这大致是两条路，在两个方向上给人提供一个现实的导引。

那么，站在这条街巷上，我们不禁思忖：除了这两个方向还有没有其他的方向？难道我只能走向过去或奔向未来吗？

海驴岛的鸟

我们一直盼望有个好天气，去盛名远扬的海驴岛。据说那里海鸥翩飞，美丽如画，是鸟儿的天堂，所以有人把它誉为“鸟岛”。但当地人一概不认这个美好的新名，而坚持沿用一个古老而又野性的名字——“海驴岛”。可是为什么会有如此粗蛮的名字？站在海边遥望大海，原来那个岛就像一头伏卧在波浪之中的“驴子”。当地人欣赏这种动物，并不觉得粗野。就我个人来说，认为驴是最可爱的动物之一，美丽温顺，任劳任怨，是动物界少有的品质高尚者。

在一个阳光明媚、风和日丽的清晨，我们乘游船出海了。进海后才知道，目测只有十几里路的海驴岛，其实还要远。行驶了五六分钟，好像风浪突然变大了，船舷上不断扑进海水，我们不得不回到舱内，隔着玻璃瞭望大海。远处迷蒙中还有一些远远近近的小岛，不知道它们的名字。原来东海里散布着这么多的岛屿，怪不得自古以来就有“仙山”的传说，海雾中时隐时现的山头实在让人浮想联翩。

一群海鸥一直追逐着我们，盘旋鸣叫，好像发出询问：“是到我们村去的吗？”是的，海驴岛就是海鸥的群居地，是它们的村庄或城市。它们为我们引路，就像平时客人接近村庄时，常常从村里跑出一帮孩子一样。有过出海经历的人都知道，海鸥对人非常友好，是最可靠的伴儿。它们陪伴渔人有时真的是出于好奇，而不仅仅是为了讨要一点儿食物。它们喜欢岸上的人，愿意一路搭讪。

四月的海边与陆地完全不同，嗅不到多少春天的气息。但仔细观察，还是可以感到海中万物的变化，捕捉一些春消息。每到四月，海的深蓝色就会变得浅嫩一点儿，包括这些海鸥，似乎都变得格外活泼。

我们终于接近了海驴岛。鸥鸟迅速变多，像飘浮的云彩和周围流动的雾气，上下翻飞，四处盘旋，叫声震耳。它们虽然早已习惯了这条航路上来往的客人，但还是如此热情。动物一般来说比人更容易冲动。这些海鸥多么美丽，像鸽子一样光洁明媚，但比鸽子多了一份勇武和野性。我们站到甲板上向它们挥手，它们用独特的外语，即“鸥语”，与我们对话，可惜我们在长达几千年的时间里没有培养出一名翻译。

登岛了。沿峭壁搭起的栈道几年前才换成钢制的，据人讲以前这里是木头搭成的，常常朽掉，有时游人根本不能从这儿通过。下面是汹涌的大海，旁边是陡立的岩壁。我们小心翼翼往前，穿过了一个很大的海蚀洞，就像通过一道厚厚的城门似的，由此才算深入了海驴岛的内部。原来这是一个不小的岛屿，远远大于原来的预估。岛的东部是平缓的慢坡，这儿栖息着大量海鸥。几乎没有别的鸟，全是海鸥的洁白身影。春天正是产卵的季节，卧伏的鸥鸟一动不动地看着游人，即使他们走近，离它只有一米远了，它们还是那样看着。我们很少有机会这样靠近了观赏它们，这会儿心中全是欣喜。世上大概没有什么动物比海鸥更干净，看额头多么光洁滑溜，周身一尘不染，双羽一丝不乱。在我们的经验里，美丽的海鸥有点儿像四蹄动物中的猫，妩媚、可爱、漂亮，却同样是勇猛的猎手，本性凶悍、英武，属于猛禽，对鱼类来说，它们甚至有点儿凶残和嗜血。

人们无比喜欢这些可爱的鸟儿，比如现在的海驴岛有了海鸥救护站，专门医治受伤的海鸟，这让作为游客的我们也感到了温暖和体贴。爱惜和挽救其他生物，这让人想到自己的处境，比如联想到自己在可怜无助的时刻有可能遇到的援助，有一种安全感。是的，人类怀着这种心情对待周边的动物，比如眼前这一只只飞鸟，正是善待自己、安慰自己，好极了。人类就在这种美好情感的鼓舞下，有滋有味地生活：人与人之间，人与其他生命之间，就这样互助、安定、鼓励。我们要做的还有很多，我们的路还很远，在这方面，我们做的永远是欠缺和不够的，还要更多的努力才行。

现在的海驴岛已成为当地收益可观的一个旅游景点，很多游客从遥远的地方慕名而来。在现代传媒的帮助下，海驴岛已变得闻名遐迩。据说西部高原地区还有个“鸟岛”，不知岛上的鸟类是否像这里一样单一；还有渤海里的“蛇岛”，它们都同样神奇，让人忍不住想去一探究竟。

岛上海风巨大，有的特殊地段风力足有九级以上，有一次我通过一个崖口时险些被吹倒，不得不紧紧地扒住身边的石块。“这里的风一直这样大吗？”我问旁边的人。他说：“今天并不是风最大的时候，如果再大一点儿我们就不能来岛上了。海上的浪很高，岛上的风更大，有些地方就无法站立了。”

我们在岛上经常看到竖起的牌子，上面写了一些善意提醒和规定：不要自拍，不准捡拾鸟蛋，不准威吓鸥鸟，等等。山坡上花开草绿，一种海驴岛独有的油菜花开得好不烂漫，让整个海岛一片金黄。有人说，就为了使这片花海更为壮观，管理者曾专门移来许多，却发现根本无法存活。原来只有在此地生长的“土著”，才能适应这方水土。

这片黄花和这些鸥鸟，才是海驴岛的真正主人。

鱼拓画

一位多年不见的海边好友，从打磨文字的作家变成了画家。他展示一幅幅作品，令我无比惊讶：都画了鱼，大鱼小鱼，那么逼真而古朴，看上去有些异样，与以前看过的绘画完全不同。我见过各种各样鱼的水墨画，还从未看到这样的风格。我向他讨了一幅。

我选中一条一尺多长的黑色大鱼，说："这好像是一条比目鱼。"他说："是的，一条比目鱼。"他指点着墙上的画，依次告诉："赤鳞鱼、鲷鱼、鲳鱼……这是一条红鲷，多大的红鲷啊，四斤二两！"最后一句让我吃惊：他显然在说一条真实的鱼。看着我惊讶的样子，他主动解释道："我忘了告诉你，这不是一般的画，这是'鱼拓画'。"

"什么是'鱼拓画'？"

"就是给鱼做拓片，像拓碑一样，把宣纸放在上面……"

这令我更加惊奇。我马上想到的是要等活蹦乱跳的鱼死去，等它僵硬时，然后再涂墨，按上宣纸。鱼毕竟不是石头和木头，这事儿从头到尾做下来肯定麻烦。不过到底有多麻烦，我怎么也想不清楚。只觉得这种办法高明而巧妙，他能够想得出真不简单，也许只有生活在海边的艺术家才能有这种奇思妙想。

我知道他喜欢出海钓鱼，是海猎能手，也是烹鱼高手。大概就是这种海上生涯给了他灵感，让他成为一个特别的画家。我尽力发挥想象，说："如果没有猜错，你肯定要把逮到的大鱼搁置一会儿，等它不动了才开始动手。这大约需要多次实践，积累经验，比如墨色浓淡，宣纸按上去轻拍重拍，怎么把握力道，等等，会有许多技巧。宣纸揭下来还需要动动画笔，最后才能题字落款，成为一幅作品。"

我像一位内行，这样说时，其实内心里已经在琢磨怎样亲手做一幅"鱼拓画"了。因为这种画是在现成的鱼身上

“印刷”出来的，算是一种工艺，只要掌握要领就能完成。我说着，极力隐藏自己要当一名艺术家的跃跃欲试的野心和冲动。

谁知朋友马上摇摇头：“死鱼不能拓画。”

“用活鱼？这怎么行？”我的声音变大了。

“让鱼安静一会儿，但不能让它死去。安静的鱼和死去的鱼是不一样的。死鱼，拓出的画也是死的，那就没什么价值了。”

听上去既有道理，又过于玄妙。我甚至认为他有点儿太较真或太讲究了，换了自己一定不会这样做。因为显而易见的道理：只有死去的鱼才会有木石一样的标本作用，那时操作起来才得心应手。我微笑不语，看着他。

“我让鱼安静下来，让它睡一会儿，在这段时间里抓紧完成。”

“怎么让它睡着？”

“一点儿酒吧。”

我明白了，它醉眠后，他开始往它身上小心翼翼地涂墨。怎样涂？如预料之中，他语焉不详。大致是按照丰富的经验施墨，而且在宣纸和鱼结合一体的时候，拍按之间，需要高度的技巧。鱼鳞、鱼鳍，特别是鱼的眼睛，都要传神地表达出来。他一再强调“眼睛”。

这使我想到：鱼是有神气的，鱼是有神采的，鱼是有心情的。是的，我不得不确认这样的一种理念，即一切高妙的艺术都是精神的再现、个性的表现。而对于一条海中生灵而言，最能传递这一切的当然只能是眼睛。它要注视，它的悲哀或怜悯都要从目光中流露。它从自己的那个方位投向人间的神情，即便在这样的瞬间也不会泯灭。我想，作为一个艺术家，这种揣测和把握当是至关重要的。这是一切艺术即心灵劳作的关键所在。

他告诉我，一张好的鱼拓画可以把鱼和鱼之间的不同表现出来，也可以将同一种鱼的不同时刻表达出来。不同的鱼，不同的时刻，都在画纸上凝固了，却是凝固了栩栩如生的那个瞬间。

我长时间沉默。我在想鱼和艺术，想生命的奉献，想短暂和永恒。这样一些关系纠缠在艺术创造之中，从来没有例外。离开了这样的领悟，所谓的艺术就会变得木讷。而那些看起来木讷的用来做拓片的石碑之类，却含蕴了十足的生命力。我们一再地拓、拓，复制，只为了再现生命的神色。

一条大鱼留下自己生前的刻记。它带着水族的秘密来到面前，那一刻刚刚沉睡。它曾经活生生地、惊讶地看着这个新的世界，看着和自己完全不同的生命，大睁双眼……

关于鱼和海的故事，朋友可以讲上一整天。那是一些烂漫的故事，惊险的故事。故事的主角大多是鱼。他的这些经历铸就了他与水族的深刻情感，也催生了手中的艺术。

后来这幅艺术品挂在了我的室内。它看上去和一般的水墨画大为不同：既是一种拓制，又是活的生命的印迹。我端详的时候，总觉得它的一双眼睛在注视我，充满了悲悯。

它真的就在那里了。它是一个悲剧。它演绎着生命和创造的故事。它讲述了大海：波涛万里，压低的铅云，还有其他……

天尽头的风

“天尽头”是半岛最东部的一个小小海岬，准确点儿说它处于一片大陆经度的最东端，所以才有了这样的“命名”。这个名字已经有了几千年的历史，至少在遥远的秦始皇时代，就已经这样称呼了。

历史记载中，这个“千古一帝”曾三次东巡，其中至少有一次抵达了这个天之尽头。作为大陆的边缘地带，这里对他而言是多么遥远、多么神秘。他是西部人，看惯了高原景色，而今却要被海风吹拂，面对一片渺渺大洋，当时是何等心绪，也只任我们去想象了。当天下一统，特别是美丽富饶的东部齐国并于秦国版图之后，整个国土就变得多彩多姿和幅员辽阔了。沿海地区有着截然不同的风韵习俗，山水大绿，物质极大丰富。秦王在有生之年，其脚步不可能踏上他统治的每一寸土地，但对最东端的这片陆地，对王土的边缘，这次却要亲手抚摸一下。

当年他站在这里，脚踏海岬放眼远望，只见大浪滔滔，海天混淆，茫茫无际，一定会思绪万千。后人只凭他东巡的足迹去揣测和推定，认为他当时最关心的事业，就是寻找长生不老药、寻找海中仙人。这就有了徐市率庞大船队入海求仙的千古之谜。

今天的“天尽头”已成为著名的旅游胜地，它以独有的地理位置、神奇的传说和罕有的帝王行迹，吸引着无数海内外的游人。一个人不到“天尽头”，就不知道天之广阔、地之遥远、海之浩渺。有一句诗谓“不到长城非好汉”，那么不到“天尽头”又将如何？

初春时节的一个上午，我们几个人兴冲冲地赶往这个神奇之地，遥望缅怀，踏上古代帝王印过足迹的海岬。到了这里已是上午十点左右，天下起了蒙蒙细雨。风从黄海深处吹来，寒意渐浓。为了抵御春寒，我们启程时特意穿了很厚的衣服，可来到这儿才发觉天这样冷，最后简直凉气彻骨。风一阵比一阵猛烈，细雨更加剧了寒冷。

长时间定定地望着这个声名远扬的海岬：探入海里，一小块突出的岩石，靠海一端矗立着一座石碑，上面刻的“天尽头”三个大字赫然醒目。任何人到此都要止步，因为它的前方及左右都是滔滔海浪，真的再无进路。回头看，不到百米之处耸着另一块碑石，上面写着“好运角”三个字。

身后这块石碑当然是新立的，那三个字其实只为了对冲一个不祥的暗示：一个人既然来到了“天尽头”，也就意味着走到了绝路，所以很不吉利，这种预示会让人刻意躲避，对于旅游业的发展来说显然是一个忌惮。于是后来就有了这块新碑，有了再次命名。不过无论如何，一个沿用了几千年的名字最终是改不掉的，也没人敢彻底抹去。

就在那句吉祥话的旁边，有一处群雕，自然是为了纪念秦王东巡的壮举：肃穆的始皇帝，冠盖、随从、武士，一色青铜。这位古老的帝王，青铜的帝王，此刻在寒雨劲风中显得格外威严。我注视群雕，想象很久很久以前的奔波与艰辛。后人猜测他踏上遥遥东巡之路绝不仅仅是为了探寻长生不老的仙药，也不仅仅是对富裕齐地的好奇，而是另有大谋，即强固难以驯化的东夷族，夯实边地统治之基。是的，比起寻仙之事，这算是最为现实的政治需要。

传说中的“三仙山”位于东部深海的一片混沌迷茫之中，缥缈之处居住仙人。那里一直是秦始皇的魂牵梦萦之地，有着持久的吸引力。或者就在这次东行之后，或者从更早的时候起，那个叫徐市的奇异人物就进入了他的视野，最终率一个庞大的船队出海了。他是受了秦王派遣的。

从此即有了古代航海家徐市的故事了。记载中秦始皇不止一次会见了徐市，在东巡之路的某一时段，约对方于黄县莱山月主祠，有过一场密谈。这次约见的结果就是让徐市率“五谷百工”和“三千童男童女”，组建起一支浩大的船队。当年秦王站在“天尽头”，心中一定升腾起无尽的希望。也正是那次派遣，使中华民族的历史上发生了一个惊天动地的大事件，一个神话般的传奇，出现了一位比哥伦布还要早一千七百多年的探险者，一个寻找新大陆的冒险家。徐市的船队穿越对马海峡，途经济州岛，入韩国，最终抵达了日本列岛，

在历史学家那里已是不争的事实。

古老帝王第三次东巡匆匆来去，是一个很快消逝的孤独身影。那一次他由这片海岬西行，行至山东西部一处叫“沙丘”的地方，即染病不起，结束了短促而宏大的一生。也许是巧合，他从“天尽头”径直走到了生命的尽头，从此这条路、这个地方，也就变得多少有些骇人了。

关于这里的不祥传说很多，当代人的某些经历和际遇，被演绎得有声有色，以至于影响到此地的游客数量。我们作为游人，心中真的不能不生出一些多少有点儿滑稽的想象，对踏上这个海岬生出一点儿悸惧。人们一边惊喜地观望古迹，一边在心里祝祷，希望留给自己的是回头看到的那三个字的内容，交上“好运”。

风势还在加大，雨丝密织。离开这座青铜群雕只有几十步远，看上去已经模糊不清了。昨天离我们太过遥远，隔开了几千年，可是一切又恍若眼前。漫长的历史仿佛只有一瞬，我们现在和古人，而且是一个统一中国的帝王的脚印重叠了。

一瞬映照永恒，以至于成为历史与生命的巨大参照。一些关于形而上的终极思绪在这里徘徊缠绕，袅袅升起。对此我们常常视而不见，可它现在实实在在地化为具体，化为当下。

2017年10月补记

你的树

无论如何，你应该是一个大自然的歌者。它孕育了你，使你会歌唱、会描述，你等于是它的一个器官，是感受到大自然的无穷魅力和神秘的一支竹笛、一把有生命的琴。我想，作为一个热爱艺术的人，无论具有怎样的倾向和色彩，他的趣味又如何，都应该深深地热爱自然，感受自然，敏悟而多情——如果是这样的话，他才可能是一个为艺术而献身的人。事实上我们看到的很多从事艺术工作的人，并不具有这样的素质。他们对于世俗的得失出奇敏锐，而对于自然、对于土地的变化却十分麻木。这就是我们的艺术衰落，让人失望的一个原因。当我如此审视的时候，常常觉得自己身上多了一点儿什么，又少了一点儿什么。如若不然，那就是另一些人太不合时宜、太脆弱和太牵挂了，对生活反而理解得太少——这种疑惑和矛盾促使我更深地孤单和寂寞，使我不愿意思考远离我的性情的事情，也不去琢磨其中的道理。

我只是认为，一个伤感的诗人不好，但我们尚可以取他的敏感。他温和的关怀的意思，是不会错的。只可惜我们太生硬地拒绝关于诗的那一切了。这种拒绝使我们变得越来越麻木。

一个真正热爱艺术的人才会勤劳。他是一个劳动者，让他干什么，他都可以凭力气、凭汗水吃饭。反过来，如果是一个虚假的诗人，那么他就真的离不开他的“诗”了，离开这个，他就要贫困潦倒。原来他只是寄生在艺术这棵树上的人。他拥有自己的树，但那是用以寄生的。

而真正的艺术家本身就是那样的一棵树，他的生命就是那样的一棵树。他拥有自己的树，他与树早已把命脉系在了一起。

不论一个作家的笔在外部形态上怎样脱离了大自然，不论他怎样热衷于写闹市、写拥挤的街巷和刻板的机关，我们也还是能感到他对田野上那一排高大的杨树、对渠畔上那一溜整齐的灌木的眷恋。他的这种情感无法掩藏，也无法替代。他的文笔处处透着那样的气味和色泽，大自然的荫绿遮住了他的稿纸。他总是陷入这样的一种情绪里，而且不能自拔。我们敢肯定他是一个描绘大自然的能手，他可以有漂亮的景物描写——他现在没有写，那是因为暂时还没有机会。他一旦获得了这种机会，就会使我们大开眼界，并且跟上他一块儿陶醉。他的无微不至的关怀，他的特殊的周到，差不多接近于一种女性的纤细和体贴。不错，艺术家有时对这个世界表现出的那股温存和留恋，的确也像女性。比如他们一旦用笔去描绘绿色的原野，那支笔就像刺绣的针，而写出来的文字也真的像刺绣了。

翻一翻同一位艺术家的其他作品，我们或许会发现，当他的笔真的以大自然为直接描写对象的时候，作者也就融化在其中、沉浸在其中了。他与大地一起呼吸，脉搏一起跳动。他笔下的一棵树、一株草，甚至是一粒沙子，都有了滚烫的生命。他满怀深情同时又是小心翼翼地对待它们，与之平等对话。绿色，生命的颜色，这时总是涂满了纸页。生机盎然的原野，奔腾跳跃的河流，一切都带着他的笑容和体温。这一切是那么熟悉，它引起我们无数的关于大自然的畅想，令我们回忆生活，回忆自己的童年。那时候我们与大自然的关系密切多了，那时的沙地、草木，总是与我们紧密相依的朋友。我们与它们朝夕相处。

那为什么一个艺术家就能够一直与他的自然伙伴结伴而行呢？为什么对大自然那么忠贞不渝？他没有匆忙的步履，没有恼人的琐事缠身吗？他为什么忘不掉那一份稚嫩和单纯、忘不掉透着晶莹的友谊和那份独特的情感？他大概具有一颗特别的心灵。

所以，他是艺术家。

他懂得钟情和怀念——那么生活中的人谁又不懂呢？每个人都有自己的友谊和情感世界，但艺术家的那种却极为深重，远非常人所及。一个人降生下来之后，他首先认识的是自然社会和人类社会中各种各样的生命。他差不多认为这一切生命都是平等的。这是他的最初印象。后来，只有一小部分人在无形中一直被这个印象左右，并且不能解脱。一种特别温柔的东西浸染了他，使他永远留恋着什么。他记住了赤脚奔跑在原野上的感受，差不多等于记住了在母亲怀抱中的感受。他认为那是极度安全的、自由自在的。

这就决定了他的温和与明了事理。他在生活中不会那么生硬和冰冷。在理解事物方面，由于他更多地从被理解的对象身上出发去考虑问题，所以就能够寻觅和洞彻更曲折的道理，能够进一步地体贴和安慰外物。这样，他首先是把握事物，其次才是描叙事物。他比任何人都更能消化和感悟，容易抓住客观世界的律动和品性，所以他往往能从别人意想不到的角度和方面去阐释。这样，也就有了思想和境界，有了情趣，也有了诗。

我们发现作家大致有两种。一种是柔和宽厚的，对大自然满怀深情；而另一种正好是冷漠的，对大自然无动于衷。前一种才是我们要讨论的人——他们是理想的人，而后一种，文学和艺术对于他们只有职业上的意义，他们不会把灵魂注入纸页和文章。你看不到他的令人激动的关于大自然的描叙——因为他就从来没有关心过它。他注目的只是眼前的世俗利益，或者一直被这些利益所牵动。他心中没有与切近的利益相去较远的那些情愫。他为什么要牵挂田野上、河边上的那一棵树呢？它长得浓绿又挺拔，它是一棵不错的树，可是它与自己又有什么关系呢？

而我们说，它应该是你的树。它生长在你的身旁，你的心中，与你血脉相连，根须相接。它是一棵向上的生命，是你的投影或者你的另一种表现形式，总之它与你不可分离。不是吗？它就该是这样的一棵树。风来了，它在风中抖动，愉快还是不安？雨来了，这雨水只是使它洁净还是有些冷，让它频频颤抖？它的脉管里流动着的，是另一种颜色的血液吗？它的兄弟和母亲在哪里，它有自己的家族吗？它长得多么旺盛，真像一个好的男孩或小伙子，或者是一个明丽照人的姑娘。对了，它也可以被比成一匹浑身闪亮的骏马。

它就是这样的一棵树。可惜这不是所有人都能感受到的。它不能在一个人的心中溶解，那么这个人绝对不会占有这棵树。你为了辨别自己吗？那你完全可以去寻找那样的一棵树——当你把它融进自己心灵的那天，你也就明白了自己。你真的在为它而激动，你甚至听到了它在微笑或者哭泣，那么你也就明白了自己。你真的深深地爱着那棵树，那么你也就算明白了你自己。

我认识一个人。他那时候三十多岁了，可是他回忆起一棵树，差不多要哭出来。那棵树就长在离他家一里多远的地方，正好在一条小路的拐弯处。他们家的人都喜欢这棵树，它是棵柳树。它长得并不好，不够高大也不够直。可是它长在离水渠不远处，水分充足，极其茂盛。他从小就看见它，就是说他出生时，这棵树早就长在那儿了。父亲领他出去时，有时就说：我们走走，到柳树那儿；后来他长大了，家里人与他抬东西，就说：我们抬到柳树底下歇一歇……柳树成了一个特别的标记。有人打听他家的住处，他就介绍那条小路，然后是一棵什么样子的柳树，然后是他的家。那棵树与他的整个童年和少年时期都密不可分，他曾经无数次地爬到柳树上玩耍，眺望原野。就是这样的一棵树，有一年，附近的一个村子要盖猪圈，响应“大养其猪”的号召，没有木材，就来伐这棵柳树——那天全家人都立在门口看着，他们当中有人哭了。他哭得最厉害。因为这是他自己的树——他不知从什么时候起就这样认定了，而且一辈子再没变过。

那棵树长在集体的土地上，他和他一家人都不能从法律的意义上拥有那棵树。当然了，他去阻拦、劝解人家别动那棵树，结果只能让人费解和嘲笑。不过他的确拥有了一棵永恒的树。

我想这就是类似艺术家的那种情感，可也是作为一个人最正常的情感。本来嘛，那样的一棵树被粗暴地砍掉，一个人的心中如果留不下一丝疤痕，难道不是很不正常吗？一个人在他幼小的时候倒往往是十分正常，只是到了后来要为生活疲于奔命，慢慢也就走向了畸形。

一直维护人身上最正常的东西，原来就是艺术家的使命。他唯恐丢掉的，就是这一切。那些一般人认为所有的不可解的、不得当的种种现象，在有些人看来倒是自然而然的。他们富于想象，容易冲动，直率而又恳切，反对或拥护一种事物往往都不加掩饰，有时也难免偏激。这正是较少受到扭曲的一个生命的真实特征。他们愿意与周围的一切达成谅解，善于理解也善于同情。作为一个人来说，你不觉得这样才更真实吗?

有人从来就没有关心过大自然，那棵树与他没有任何联系，但他的冷漠不仅仅是对于原野、对于土地，而是对于一切的事物。可怕的是这样的人从事了艺术，所以有些文章让我们感受不到温情和色泽，感受不到一丝安慰。我们阅读这样的文章，只会增添不必要的疑虑和猜测，兴味索然。我们体会不到一个人对于母亲——土地——那种特殊的情感。这种情感如果真的存在，那么即使他写域外、写星空和海洋，甚至写战争，字里行间都会有那份沉甸甸的东西，它的神秘的力量会使我们的心灵一次次颤抖。

只有土地才从根本上决定了我们的性质，并且会一直左右我们。我们应该懂得从土地上寻找安慰、寻找智慧和灵感。我这不是一种虚指，而是说要到真实的泥土上去，到大自然中去。当你烦躁不安的时候，你会想起田野和丛林。无数的草和花、树木、不知名的小生物，都会与你无言地交流，给你宽慰。你极目远眺，看到地平线，看到星空，都有一种说不出的感觉滋生出来。这种感动和悟想是有意义的。它让你从惯常的生活经验中挣脱出来，得以喘息和休憩。你是否有过这样的经历——躺在丛林草地上，或者绿树掩映下的一片洁白的沙子上，静静地倾听着什么？身边好像什么异样的东西也没有出现，又好像一切都经历了，通晓了。原野的声音正以奇怪的方式渗透到我们的心灵深处，细碎而又柔和，又无比悠长，漫漫地，徐徐地，笼罩了包容了一切……这个时刻你才觉得自己不是多余的，你与周围的世界连成了一体、一块，是渺小的一部分，是一棵大树上的小小枝杈，是一条大河上的一涓细流。你与大自然的深长呼吸在慢慢接通，你觉得母亲在微笑，无数的兄弟姊妹都在身旁。连小鸟的啼叫、小草的细语，也都变得这么可亲可爱。你这时候才真正无私无畏，才是真正宽容的一个人！

每个人都或多或少、或明或暗地感受过那样的境界。但对于大多数人，它都只是一瞬间，是一个小小的阶段。它不可以被长长地挽留，它很容易就退到了遥远的地方。而有一种人的不同之处，就是能够把自己经常地置于那种环境之下，唤回那样的感觉。这对他来说是完全自觉的。他们不顾一切地到原野上去，去寻找他们自己的树。这种精神也不断地渗透到日常的生活中，使人与人之间的关系变得情同手足。

从艺术的角度讲，我们就可以寄期望于他了。他会写出另一种文字。他的善良会沟通其他的心灵，他不会伤害无辜的人，包括他们的自尊。要知道一个人伤害另一个人那是太容易了，往往是在不经意间就损坏了一种至为宝贵的东西。理解这些，一个人才会善解人意，通情达理，才会懂得处世的艰难与快乐。柔细的心肠不仅仅属于女性，它还应该包括那些正常的人，那些善于自省的人，那些热恋大自然的人，那些真正具有艺术气质的人，那些富于创造力的人。你会从这样的人身上，轻而易举地发现他究竟在关怀什么，他的忧虑和不安。他愿意为保护一种原则而付出一切，绝不吝惜。他对于大自然的情感，真正像对待母亲一样。

无论多么狂妄的人，大自然都可以驯服——如果想这样做的话。无知的狂暴的人怎样欺凌大自然，我们都有目共睹。一棵挺好的树，他不知出于什么目的，偏偏要折磨它，在它的身上折去枝条、划上深痕，使它一滴滴流下血来。最后，他还要把这棵无辜的树杀掉。那棵树默默无声，忍受了牺牲。可是树木真的没有力量吗？我们知道，一棵树好像如此，但也不完全如此。我听说，有一个倔强一生的壮汉，走遍了天下，创下了无数业绩，征服了无数异性，最后却死得奇特。他有一天躺在一棵大树下面休憩，睡着了，大树冠折下了一根碗口粗的大枝丫，一下子把他砸死了。还有，像一片无边的丛林，可以把最精锐的一队骑兵困住，让他们左冲右突，直到筋疲力尽倒地死亡。丛林是树木手拉手形成的，是从一棵树开始的。它们在风中呼鸣号叫，威势比得上千军万马——如果在这样的夜晚，你到了丛林里，不感到恐惧吗？在大雨之夜，电闪雷鸣的时候，你可以借着电光看见树木怎样通身锃亮，枝条怎样舞动，那你又有什么感觉？而在无风无雨的晴朗夜晚，你如果来到了丛林里，又会觉得四处黑森森，树林变得浑然苍茫，很神秘很幽静，很让人遐想。

如果是一排树呢？它们像什么？一队士兵？一溜英俊的男子或洒脱的少女？它们生在荒野上、庄稼地里、渠畔上，我相信给人的感觉都会不同。树木，它们就是这样平常又是这样奇异。它给人无数的灵感，无数的想象，它既是我们描叙的对象，又是我们汲取力量的源头，它有生命，它与人类永远相伴。

很多刚刚开始文学创作的人不知道怎样才能有好的景物描写，但他们很注意训练。渐渐地他们发现这十分容易，十分顺手。他们写写云彩，写写太阳，再写写树木和鸟，好像这就可以了。有时看上去，这些描写都是很正规、很像那么回事似的。可是谁也不会被它击中，不会有其他的什么感觉。因为这是机械的、没有活力的，是一种习惯性的组合——这种组合方式已经沿用了几十年。我看到不少的书就是这样组合的。它们又是行之有效的，那就是使一部书不至于变得太干瘪和枯燥，也可以让人舒一口气——可是人们读到这样的地方，都明白那是怎么一回事，都要飞快地掠过去，以免浪费时间。

原因是什么？原因就是他还没有沉浸到其中，还没有那样的敏感和柔和，没有成为自然的一个歌者。因而他就不会歌唱自然，他的眼睛一旦转到大自然身上，也变得茫然无措。那种关怀的、贴近的、柔柔的东西，还没有驻在他的心间。

有人也可能说，艺术是多方面的，具有不同的品位和风格。但我认为，任何风格的艺术，首先还要是艺术。就是说，所有品格的艺术品，都是从一颗艺术家的心灵上滋生长大的，而不是从其他的心灵上成长的。我们也可以来剖析另一种意味的作品。这一类作品写得特别刚烈，充满了义愤，那是战斗气息很浓的东西。它的作者就一定是粗犷勇武，对生活的细微部分缺少敏悟的人吗？如果具体考查起来，你会发现事实恰恰相反。一部真正的艺术品，无论具有怎样的外部色彩，它在本质上都有共通的东西，那就是一种挚爱和真诚。试想他的愤怒和战斗离开了爱的精神，有可能打动读者吗？有可能成功吗？真正的勇敢总是来自一腔挚爱，来自保护一种美好和善良的纯洁心地。

也有一些作品是离开了这一切的，那么它就没有体温，冰冷得让人难以接近。那样的文章无论具有怎样完美的外部形态，也还是没有生命，因为它没有灵魂。它没有在泥土上扎下根脉，大地没有教给它呼吸。它是出自人手的伪制，等于一棵假的花树，没有芬芳也没有汁水。

我每一次走进原野都觉得自己接近了艺术。相反，有时动手写作和阅读的时候，反而觉得离开了艺术。这个精灵到底在哪里？它让我们到哪里去寻踪、去追逐？我的这个感觉有时十分强烈。常常是满怀失望地从案头上抬起身子，然后苦闷地走出——原野上活生生的一切在向我招手，我走进它们中间。在一望无际的海滩平原上，在一片片的稼禾和丛林中间，我总是感到了令人至为激动的东西。它温厚、无私、博爱，它宽宥了人们的所有行为。在这里，我常常待上很久。我可以在这个时刻里回忆很多往事，总结我的生活。这时我开始变得宁静，很清澈，也很能容忍。我对以往的不成熟的一切感到惭愧，我唯一欣慰的是我在勤奋地、诚实地劳动，我在不知疲倦地寻找。满地的花和草都欣欣向荣，小动物不停地奔跑，原野上不知有多少生灵在活跃着，劳碌着，它们有自己的美丽游戏。我觉得我在这一刻里离艺术的精灵这么贴近，它似乎近在一步之遥。

一棵棵茂盛的夜合欢树开满了深红色的小花，在蓝天碧海的衬托下，像点亮了一盏盏小红蜡烛。我躺在大树下，闻着浓烈的香味儿，从未有过地激动。它们在与我无声地交谈，深情地交流。那一段逝去的岁月里，它们一直伫立在这个平原上，在雷雨里洗涤，在烈日下沐浴，在闪电里摇动和振作。而我们这些在树底记下了童年的人，却因为生活的变迁远去他乡，在人生之路上匆匆奔波，双脚已经裂口，胡须已经变硬，而且已经不能像当年那样，在它的身上攀上攀下了。我在回忆我的童年和少年，回忆怎样渐渐地热爱了艺术。

我发现我首先学着描摹大自然。我描叙了大海和平原，以及平原上的一切植物。色彩斑斓的花让我不知怎样动笔，各种各样的大树也使我用尽了词汇。我深深地迷恋着这片原野，迷恋着原野上的一切。我觉得自己真的离不开它，即使偶有脱离，也是深深思念和盼望。我发现大自然教导了我热爱艺术，而艺术与大自然又如此密不可分。这就是我的总结，这就是我不可改变的思路。

我羡慕那样描写自然景色：半点儿也没有让人感到游离和偏移，没有作为一种点缀而写。它与写到的人物一样，都有活脱脱的生命。作者在用笔与它们交谈，向它们发出心底的问候。他那时觉得笔下的人物与之紧密地交织在一起，连成了一体，永不分离。

我那么喜欢那些自然的歌者，我也希望别人像我一样喜爱他们。他们是我推崇的艺术家。比如普鲁斯特和托尔斯泰，再比如屠格涅夫、后来的普里什文和巴乌斯托夫斯基，直到当代的苏联作家阿斯塔菲耶夫……我可以举出一连串的名单。他们写下了多么好的文章。每一棵树都能牵动他们的情思，他们在为每一棵树歌吟或泣哭。世上的所有悲哀，他们都以自己的方式、自己的语言告诉了地上的树。树木与人一样在大地上伫立，经受着自然的风雨。有的树活了几百年，目睹了人世沧桑。屠格涅夫曾嘲笑一个枯槁的伯爵，那人指着一棵活了上百年的大树说它是“他的树”。是的，一个腐败的老人怎么能拥有这样的一棵树呢?

哪怕一个人亲手栽种了一棵树，这棵树也有可能最终不属于他。他离开了一种平等的、真切的情感，它也就可以背弃他，成为自由自在的一棵树。它长得寂寞了，就有自己的交往和情谊。但愿我们能与它结识，与它在一起。无数的树总是在各种各样的情形下生出和长大的，并没有太多的树让我们一开始就认识。我们走到丛林里，发现所有的树都是陌生的又都是熟悉的，它们都那么和蔼可亲。很少有一棵树会是邪恶的，很少有一棵树会丧尽天良。它们不去欺辱别人，在别人的欺辱下又往往默默忍受。只要不是把它们连根刨掉，只要有一根细须留在土里，它们就有可能重新生长——很缓慢很缓慢地长起来，加入丛林生活。

我常常琢磨这样的树。我记得小时候曾亲手栽下很多的树。后来我离开了，它们有的成长起来，有的又被人砍伐。它们落脚的泥土几经改变，已经不能立足了。可还是有些幸存者，它们活着。我走近它们需要跋涉上千里路，每一次见面都想：它们竟然是由一个没有什么能力的不成熟的少年亲手栽下的，而今长得又粗又大，很威风的样子，这是多么不可思议的事情！我想如果我当年栽下了更多的树，那我有多么幸福！有意思的是那些树都是我自觉自愿地栽下的——我发现把小树苗或一截枝条埋到土里，它就会吐芽成长，慢慢长大，这是多么吸引人、多么有意义的事情！后来我和别人一样长大了，反而没有那样的植树的热情了，反而要被动地做那样的事情了，比如在植树节里劳动，等等。这就是生命的蜕化和改变，是生命激情的一次消逝。

很多握笔的人，主要是热衷于研究成功的技法等问题，而不是其他。我想这都必要，是谁也不能舍弃的。但是这样坚持下去或许又会发现，我们一方面在读书，却又忽略了土地这本大书。一种书需要眼睛去读，而另一种书需要心。你的心灵需要它的滋养，一旦经过了这个阶段，你才算成长起来。对此迷恋不已的一个作者，总是最好的作者。我们祈求灵性——灵性总是蕴藏在山水之间。技法是重要的，可伟大的技法、百发百中的技法正蕴藏在大自然里。

坚持到野外去生活、去感觉、去修养自己的性情，至关重要。在这个海滨城市里，我看到了很美的自然风光，这里有海，有山，有满城满郊的黄花，这里空气清爽干净。这里一定会有自己的歌者。可是如果忽略了这片土地，不去亲近它，一定会耽误很多的人。你生在这里，你会深深地爱上这里。我们过去一直讲乡土的爱，讲得多了，反而听不懂。没有多少在乎这句话的人，弄到最后人的情感很空泛，很漂浮，没有了扎实的东西。故乡的泥土不会使我们流泪——如果我们不是故意流泪的话。我们渐渐离那种情绪很远很远了，渐渐都成了一种没有故乡的人。可是一个好的流浪汉在返回故乡的时候也会激动，哭得双肩抖动。怎么回事？是什么使我们丢掉了最宝贵的东西？我们怎么变得这样空虚和不可捉摸？

设法在出生地寻找丢失了的那种东西，这比什么都重要。认真地想一想这片土地，它的独特的性格。它真的不会让自己的儿女激动了？我们就真的成为一个冷漠的人了？大概不是。这种麻木和冷漠只是奇怪的传统，是一种习惯，而不是你自己的真实的性格和品质。你还会面对土地激动起来，一定会。你如果做不到这一点，就不会顺利和成功，一定是这样。任何知识、技巧，都不能替代人对大地的深长的情感，不能替代你对大自然的永不改变的温柔。你必须怀着这样的情绪走下去。你的爱和恨，无论什么意绪和倾向，都要以此作为理由。这是不可改变的，是规律而不仅仅是一种要求。

如果我们一开始就用真诚的笔触去刻画自己的土地，写什么东西都使用这样的一份情、一支笔，那么写出的事物就会改变。一切都渐渐出现在你的笔下，你开始写一个更广大的社会。可贵的是这样做的同时，你把土地与人连接起来了，你抓到了问题的核心，不自觉地将土地作为了一切问题、一切变故的根据。

这就是我所理解的一种深刻。一个初学写作者往往被斥为不深刻，可一个作者到底到哪儿去寻找人们所要求的深刻呢？我所见到的所谓深刻，有时不过是一种巧妙的趋时的辩解和嘲讽，并没有什么深入的独特的见解。他们没有试图去抓住问题的要害。一些时事性的东西被他们咬住不放，或叹息或解剖，可是问题的根源并没有触及。我倒觉得再也没有比一个依恋大地的人更容易走向深刻的了。这样的人好像很脆弱，实际上无比坚强。他能够正视生活，正视艰险，不会惊慌失措地去应付什么。

这就是我——一个艺术学徒对艺术和艺术家的理解。我认为有一类人既是天生的，又更可能是后天造就的。关键是他要一直正常，一直不去脱离土地。他如果能做到这一点，他就在本质上是一个艺术家，而不管是否从事了艺术的工作。如果一个人在根本气质上离这一切很远，就不能算艺术家。因为他们寄生在艺术之树上，而不是用心血浇灌了培育了这样的一棵树。

愿你真的拥有你自己的树。愿你一开始，就能与另一些人有所区别。

1984年4月，于威海

爱你的寂寞

专业写作者虽然不坐班熬八小时，但劳动的意识并未减弱。事实上自由支配的时间，更是容易流失的时间。一个基层作者的事情总是很多，于是只好缠到这些琐事上。人们强调读书思考钻研学问，不是说要像乡下秀才一样过一辈子青灯黄卷的生活——不过也真的难以省却这样的功夫。基层就是底层，是文化边地，优越处是这里安静。

写作人在家庭里像一个“自由人”，于是就自告奋勇去做许多事情。这样一来时间不是多了，而是更少了。不侵占别人的时间，可是也要维护自己的时间。在似乎是漫长无尽的时间里寂寞，是多么好的一件事。这才是我们的希望之所在。

如果一两个月没有精读一本像样的书了，这说明我们并不寂寞。有一位诗人说：“你要爱你的寂寞。”——真的爱，就会沉在阅读里。每天读五万字，一个月才一百五十万字，也就四五本书的样子。

只读文学书有些可惜。当代、古代、中国、外国，多大的一个文字世界。还有绘画和音乐，这是斑斓的世界，是美妙的声音。中外一些名画，让人看了总是产生一种感激的心情。中国画，要读懂并不容易。一个大画家的所有作品，一部绘画全集摊在面前，从头看下来，会受益多大！他一生的心血就这样摆在面前了，他为艺术的一生就坦露在这儿了。看吧，他怎样过早地显露了自己的天才，多么聪颖！他一点点开始成熟。他三四十岁、四五十岁时的力作，真是登峰造极！这个时期的作品真好，也许是最好的——反复玩味，最后还是认定这是最好的。当然他还要继续画下去，雄心勃勃，到后来气吞万里如虎，愈老愈胆大。他已经跨过了万水千山，经历了无数狂热的崇拜或深深的、难以容忍的寂寞，已经什么都不在乎了。他胸中充满自信，不甘而又自足。这个时期他的画笔更老辣更汪洋恣肆，可是不像初出茅庐时那么小心翼翼笔笔求工了，也不像他的黄金时期那么气韵饱满扎实深厚了。一丝悄悄的浮躁气笼罩了作品。他也许知道了时间的大限在逼近，于是无论怎样克制，也还是露出了一些匆忙的痕迹。最后，暮年终于来临。辛劳的一生该画个句号了，可他绝不甘心。此刻他已经完全化为艺术的精灵，不是规律在束缚他，而是他在改变规律、制造规律，他自己就是规范！他故意跟一切习俗和成规开起了玩笑，而且极为蛮横和顽皮。他以令人难以置信的笔力和技巧，夺得了第一批赞同者，取得第一步也是逼近最后一步的胜利。在生命接近终点的时刻，他多么骄傲地向死神炫耀了一通，并且最终证明了所向无敌和不可思议的力量。这不禁令我们遥思默想：如果再给他时间，他还会做出什么奇迹呢？究竟是什么，使他获得了如此强悍的力量？当然，每个人的时间都会用尽，伟大的天才也是一样，不同的是他是以最辉煌的方式来向时间告别的。这就是我们读一位天才画家时所想到的。

它可以从哪里启示我们？这一条生命的长河所体现的每一次变化，是不是会重现于一个文学写作者？其实艺术家的整个过程大致都是一样的。一个天才画家营造境界，用墨技巧，画面结构，正从一切方面暗示和启迪着他人。

音乐用声音传递诗意。沉浸在一种绝妙的、辉煌的乐章里，身心经受洗涤。这是一次激越的穿行，一只神秘的手在指引我们，渐渐抵达。深刻的美和真使人焕发出不可遏制的创造欲望。

没有什么比文学艺术更能融合各种各样的社会生活和知识的了，一个写作者如果孤陋寡闻，就变成了一棵枯黄的树。

有人拜了老师，想弄明白当地的地质结构、海洋潮汐、大陆架以及气候环境、土壤构成……这一切知识属于家乡，因而会使人更加充实，有了一个生活的根据，一个展开想象的物质基础，有了结结实实的思维材料。或者还有必要从植物学的角度认清这片土地上的东西，比如各种树木、花草，还有农作物，如果这样，我们就能通过人类共同的命名，向更远处的人转述它们的故事了。

要做的事情太多了，时间永远不够用。我们有一个共同的敌人，它的名字就叫“懒惰”。

1990年4月，龙口，于“文学讨论会”

时代：阅读与仿制

小说家在今天应该感到恐惧，在恐惧中才会规避一般的阅读。他在最后一刻也许会找到自己的角落：它小得要命，但只有这个小小空间才能存放自己的灵魂。

在这个时代，如果不是将“作家”作为一种职业去理解，从事起来就会极其艰难。比较以往任何一个时期，现在的作家在接受文化制成品方面都要开阔得多容易得多，所以职业性的操作也就简单了。新科技使传播效率大幅度提高，声像和文字信息每天都在成吨地进行抛撒轰炸。这对于一个人保持精神上的独立，其伤害是致命的。

现在到处都能看到简单的模仿，从人的衣着到说话的口气、举止，甚至是恋爱的方式、会议开场白……模仿代替了真实的生活，模仿就是生活。在这种模仿中，积极的、有意义的因素被不断抵消；一个生命对主客观世界的感悟、判断、分析和发现，都降到了非常次要的位置。

相互模仿的结果就是一起走进了盲从。

一个作家的盲从实际上等于自我取消。一个小说家现在极容易找到借鉴或移植的标本，他从中借取的可以是气韵、结构，也可以是思想本身，而当代读者不断受到时代风气的训导，又极有可能在拙劣的模仿品中找到一丝亲切感，这也是一种盲从。

我们对于不同民族不同时代的作家的相互影响、交流和渗透带来的收益往往估计过高——杜绝模仿既然不可能，于是就尽可能从中发掘出有意义的东西，这恰是人类的某种怯懦在起作用。

艺术与自然科学的不同之处在于，它在纵的积累和横的比较中都缺少突破性的、明显的效果。心灵的精神记载很难是一种“不断进步”。比如说我们不能断定今天的艺术超过了古代的艺术，而自然科学的承接跃进却是不容置疑的。

对于一个小说家而言，阅读带来的优长是显豁的，而造成损害却是潜隐的。阅读能够开发小说家的心智，但艺术创作主要不是进行心智的较量和比试，而是释放灵魂和生命本身。

在一个人的全部创作过程中，最有意义的常常是一种悟想。悟想是排除干扰和影响、尽可能封闭的结果。给人的悟想以帮助的，主要就是他寄生和依赖的那片泥土。

现代小说艺术逐渐失去了一种永恒的力量，主要原因就是舍弃了悟想，不自觉地走入了烦琐的阅读和仿制，这是一个时代的命运，难以逃脱。

在一个塑料化纤和集成电路的时代，人就不可避免地要告别和脱离悟想。表现在当代小说创作上，就是其作品越来越没有了个人思悟的色彩和质地，而总是急不可耐地加入贴近了一个时代的主题和气质，比如共同的牢骚和伤感，共同的嘲讽和颓废。

对于这些危险，警觉和发现将是困难的——表述上和感知上的双重困难。即我们一时难以分清某种思想和联想在多大程度上必须借助外力推动，对客观世界的顺从与反抗而带来的某些自觉又有多少意义，等等。我们面对一种无可奈何，常常发出“只能如此”“必须如此”的叹息，实际上当然不必这样。

一个作家如果要奋力摆脱一些文化制成品的影响，整个过程有时竟会表现得十分壮美。事实上也是如此。这就足以表明当代作家已经无路可逃，而不得不进行风格、观念以及与之有关的一切方面的拼死突围。

世界上没有两处相同的大陆，可是我们却很容易发现大致相同的两个作家，于是我们从中分辨那剩下的极少一部分异质，已经具有了重要意义。作家不可能成为群体。我们总是在一个群体中只发现一个人：唯有这一个人才具有意义。其他的只会是一些填充剂，是被涂过相同颜色的一种粉末和颗粒。

交流的意义是什么？我们从一个小说家的角度去考察，不由得陷入了迷惘。没有人敢于公然否定它的意义。但是实际上我们已经不自觉地将欣赏的快感当成了全部，遮盖甚至混淆了我们所要讨论的那种意义。我们阅读来自另一个大陆的作品，其实是在注视某一个生命的奇迹；我们很少时刻告诫自己：这个生命与我是不同的，极其不同，他只是他自己。相反我们总是更多地寻求共同点。对于一个小说家而言，关于不同点的提醒，关于奇迹的发现，才是最为重要的。

真正的小说家极有可能不属于他的时代：他从阅读和仿制之中走了出来。

经验告诉我们，这种可能性是存在的。我们有时会从一个时代文学潮流的总体演进中发现一个陌生人。他不属于那个时代，但一个世纪过去之后，我们又会惊讶地发现，他生活过的整整一个时代都属于他。

在今天，不自觉的仿制每时每刻都在发生，而且难以找到一个例外。除了以上谈论过的原因之外，还有一个自古而然的原因：向往“中心”。经济和政治中心是存在的，而艺术的中心是不存在的。因为艺术不是数量的堆积，而是因为难以取代和归类才得以成立。对于“中心”的认同，就是取消艺术的开始。

如果一个小说家是一个真正的艺术家，那么他必定是一个“自我中心”论者。除此而外，这个人还会是一个土地崇拜者，多少有些神秘地对待了他诞生的那片土地，倾听它，叩问它，也吸吮它。土地的确是生出诸多器官的母亲。小说家只是土地上长出的众多器官之一。

在那些自觉和不自觉的仿制者眼中，“中心”不仅存在而且会随着时间移动，比如说从古希腊到巴黎再到北美。仿制是一个复杂难言的过程，它不是一般的模仿和抄袭，在今天，一个小说家熟练掌握一种语言——时代的语言——已经不是难事；同样，掌握一个时代的主题与人物和结构，也并非不可企及。这是一个普遍走入了聪慧的奇特时代，到处可见举一反三的行家里手，到处可见拼接组合如行云流水、让人叹为观止的人。天才的小说家几乎成了匠人的同义语。

没有人反对艺术的个性、个人化，没有人否认它是艺术的生命。但今天问题的核心，是怎样剥去覆盖其上的附着物，如同拂去水流之上的苔腻。仿制的方式和方向都是千差万别的，比如可以仿古，可以由东方模仿西方，郊区模仿城市，也可以做得完全相反。在今天，好的仿制者已经可以自觉地回避潮流，刻意走入一种虚假的“个性”。揭示这种误解和危险才有意义。我们可以讨论：背向潮流的仿制是否更好？讨论的结果只能是：任何仿制都违背了艺术创造的本质；进一步讨论又会发现，仿制几乎是不可回避的，但如何仿制却是可以选择的。

既然生活本身是延续的，要借重经验和规范，那么人的创作活动也只能如此。今天的小说家与上一个世纪的小说家的不同之处，是进一步失去了安宁，受到更为频繁的打扰、更多的精神上的侵犯和损伤，其间，高科技的飞速发展对于打破封闭的个人世界起到了关键作用，从而使小说家失去了独守的最后一点可能。

这就逼使小说家纷纷放弃个人见解。他们难以发出自己的声音，而不得不加入合唱。

这样，我们在分析各民族的作品时清晰地看到，除了外在色彩、表述能力方面的差异，除了智商的差异，其他的更本质的区别越来越少，包括一些非常活跃、著作等身的作家在内，总常常让人觉得缺少强大的“根性”——而这一点在19世纪前的作家身上却是极少发生的。

大约是小说家们也多少发现了这些隐忧，于是就有了各种各样的反抗，比如说出现了这样的小说：对于一个地区的生活给予相当粗粝的描绘。有力的文笔、闻所未闻的风情、富于刺激的场景——这让人耳目一新，但这一切就会触动本质吗？同样让人怀疑。因为这也是被多次实验过的一个方法。可见创作的真实状态是让人绝望的，从艺术的本质而言，仅仅依靠机智仍然于事无补。

其实一个真正的艺术家所追逐的主题既不可能是“世界的”，也不可能是“地方的”。对于他而言，二者都不存在，所以人们对于一些“代言人”式的艺术家总是有充分的怀疑理由。艺术家既不能代表别人又不能被代表。真实的世界是没有主题的，主题是某一个阶段由盲从织成的。

所以一个人最偏僻最生鲜的认识，才有可能属于他自己。

而今天令人悲观的是，这种偏僻和生鲜又往往被视为粗陋。一个人在信息和认识的漩流中，绝不会产生自己的心灵之果。小说家在今天应该感到恐惧，在恐惧中才会规避一般的阅读。他在最后一刻也许会找到自己的角落：它小得要命，但只有这个小小空间才能存放自己的灵魂。

不知是否有一个小说家愿付出这样的代价：从根本上告别精神的侵扰，包括各种渗透和影响，最大限度地放弃现代视听，从而封闭自己。封闭的目的当然是要看看自己的心灵里到底有些什么？那时的发现就是我们所需要的。

这大概是做不到的，因而这实际上只构成了一种比喻和假设。挽救一个小说家感觉力和悟想力的，主要不会是他的同类及其创作，而是我们常常谈到又总是忽略了的那一切——“土地”。

对抗现代阅读的损害，只有“土地”。我们在放下书籍，特别是流行性的文化制品时，才有可能去捕捉天籁。如果说“土地”“天籁”之类的概念在此显得抽象和虚幻的话，那么它们提示和代表的意义却是非常坚实的，它们是足以支持一位艺术家的。

比较起那些敏捷的、走在一个时代的前列的、外向的、所向披靡式的小说家，比起那些不同程度地显示了某种统帅能力、高扬着一种声音的小说家，我们更应该重视喃喃自语式的写作，重视一个人近似于沉默的状态，重视一个作家长期的劳作成果在交相辉映中的意旨。因为后者更有可能是自我寂寞的——这种寂寞既指他的日常生活状态，又指他的精神状态。一个好的艺术家的孤寂是无法选择的。

而当代创作中有极大一部分是喧嚣的，顶多是多少掩盖了一种内在嘈杂。像屈原和卡夫卡式的作家越来越少，而只有这样的作家才会发出一个世界的独语。他们的声音是无法复制的。他们的创作具有真正的朴素性，正是这种朴素性才抵御了阅读中的消极影响。因为他们有可能与另一个心灵对话，除此而外的嘈杂难以进入耳膜。对于一位优秀的小说家而言，朴素既是必备的品质，更是一条原则——所有违背了这个原则的，都会自觉不自觉地制造赝品。

科技的突破性进展促进了人们的现代思维，特别是所谓的“理性思维”。但它对于人的情感世界却是越来越细致和琐碎的分割。一方面在不断地“发现”，另一方面又在不断地遮盖。阅读的危险还在于它对一种稳定情感的破坏，而缺乏这种稳定就会走入仿制，在无意识中放弃人的自尊。频频袭来的冲动和浮躁掺和在一起，源于生命深层的激动反而失掉了；缺少这种激情，就无法摧毁来自他人的桎梏。

广泛阅读的结果，会使一个著者机械制作的效率成倍提高，使机智的著作者越来越多。这些制作虽然不尽是垃圾，却足以淹没生命的青苗。这是当代小说失去魅力的一个重要原因。

专业小说家在阅读中往往缺少足够的放松，这就从快乐的欣赏上又退离了一步。在阅读中进入自觉的学习，这会增添双重的危险。不同的大陆和时代，作品的交错投影是非常严重的，这些作品几乎无一例外地缺少“原力”“原气”——某种来自繁衍生命的母体——土地——的力量。

我们常常一般化地、缺少分析地提倡交流和阅读，而忘记了它对创造力造成的难以挽回的损伤。我们把与广大的世界对话的能力寄托在表层的知与见上，而极大地忽视了生命的个体深度。人对苍茫世界是具有感知能力的，这种能力有时甚至是神秘的、不可思议的，这种能力需要保护。小说是传递感知的最好形式之一，但又很可能仅仅剩下一具躯壳。

阅读是一种交流，它是有陷阱的；在一个现代化了的世界上生存的小说家，仿制是不可避免的——正因为如此，才需要一再地提出警醒，并对其进行分析。

1994年4月19日

第三辑：凝　望

夕阳下沉，更暗的光色下，那些低洼草地的茶花变得暗淡起来；唯有高耸之地的花丛才变得格外突出，甚至有些耀目。西风搅动，它们像一片大湖掀起的浪涌波涛——这旋转汹涌的水流很快将冲决一切，继续涤荡。对于它们而言，土地上无所遮拦无所阻障，它们将汹汹滔滔，汇向海洋。

——《如火如荼》

就这样，我开始了自己的远途，进入了这片冬林。

——《森林之冬》

依　赖

春天，玉兰花开放了。你终于走出来——从病榻上，从阴暗潮湿的那间屋子。它锁闭了太久，使你脸色苍白。厚厚的呢裙、棉衣，还有颈上黑色的围巾，帮你抵御初春的余寒。更重要的是，你的身边有一位搀扶你的老妇人，她给你温暖，为你遮风挡雨。

玉兰花树旁是一把木椅，上面有棉垫。它的旁边是矮小的一个木凳，那是老妇人坐的。她与你非亲非故，一生历尽沧桑。她曾经有过的年华，仿佛已在过去的冬天里耗尽，再也不能从春天的枝头上闪烁。她又厚又重的黑色头巾，裹住了满头银丝。她额上是深皱，她皮肤松弛的苍手，正紧紧攥住你那苍白的、没有血色的手。你走路艰难，不得不紧紧依偎。

她是你的依靠，你肉体和心灵的依靠。无言的倾诉，低低的自语，轻声的相告，都不得不面向这位老人。她比你的母亲更重要，她几乎成为你的全部。那些屈辱像铅一样压在心头，你不愿回想它们，因为惧怕。

你多么美丽，太美丽了。你那像汉白玉一样的长颈，应该得到多么好的维护。老妇人用自己不愿提起的辛酸去安慰你。她什么都理解，她经历了无数个这样的春天，对一切都习以为常了。她把一切都沉在心底。

可爱的孩子，你长得如此丰腴美貌，又如此稚气单纯。你的热情像春天，像春天的花朵以及围绕着花朵不停旋转的蜂蝶。前一个季节留下的落叶在刚刚泛绿的草地上，被微风推动，踩在上面发出阵阵破碎的响声。生命有时也这样褪色和消失，这样新生和苍老。它们不断地交错、汇拢、重逢。

我的孩子，我的梦中和臆想里的孩子，你多么不幸，又是多么有幸。

老妇人在这儿做了多半生的仆人，已经完全是这个家庭中的一员了。她比任何人都更为了解这个家，这里的一切：每一棵草，每一株树，孩子的母亲、父亲，她的先人，他们的嗜好以及鲜为人知的一切。是的，一切都不能逃脱老人的眼睛。

春天来了，这个孩子变得如此虚弱、轻盈，让那一切都随之褪去吧，你可以在春天里长成一个新的生命。繁花似锦的季节来到了，接着就是更为丰硕和热烈的夏天。在那个水汽充盈、火热拥人的季节里，你将进一步地改变自己。夏天的雨水很盛，它可以冲刷这片土地上的一切污浊。是的，好好地冲刷吧，重新洁净，重新生长，把滋生疾患的毒菌洗得一干二净。忘记那些不好的故事，那些梦魅，它们总是对你的长夜造成不安的惊扰。这一切我全部经历过，没有什么，痛苦是短暂的，它会化为养料。你已经比我幸福得多，多少人对你痛怜、爱抚。还有，你一定会拥有一个比昨天和今天更好的未来。那时候你回想我的话，将会感谢我。而我只是孤单的一个人。先是沦落，后来才找到这个归宿。我心里掩下了说不出的感激，我有了自己操心的地方、牵挂的人了。我的孩子，相信这一切吧。我的话就像这个春天里的玉兰花一样，是经历了严寒之后才得以吐露的。

她有着多么优裕的童年和青年。她差不多不懂得什么是贫穷。这样的生活培育了她。像任何一个少女一样，她多思、热情、向往，愿为那种浪漫的冒险付出一点儿什么，不，愿付出很多。当那一天真的到来时，她稍稍犹豫地接受了它。于是，就有了后来的故事。

而老妇人的多半生都在经历贫穷。她有一个完全不同的人生。她虽然压根就不相信有那么多的浪漫，可也同样要经受它，这也是迫不得已：就像四季总要迫不得已地轮换一样。

她依赖着老妇人，就像富裕要依赖着贫穷，自豪要依赖着羞愧，青春要依赖着苍老，欢乐要依赖着痛苦。在经验的泥土上可以萌发希望的嫩芽。没有休眠就没有苏醒，没有寒冬就没有春天。

我们再往前走吗？往前走。我们可以走出这个庭院吗？可以。我们能够到阳光灿烂、吹拂着南风的大街上去吗？还有，到河边，到蓝天白云下面……能的，我的孩子，什么都能。我似乎听到了奶牛的叫声，哦，还有云雀。有人在不远的地方拉响了小提琴。这些都和春天一样，都融在一起了。

她差一点儿流出了泪水，可是她忍住了。泪水已经流得差不多了，它流淌了多久，只有身旁的老人知道。最困难的时刻，只有这位老人了。她守在旁边，不停地抚摸；老人从来没有像另一个人一样，贪婪地亲吻她的额头，老人只是攥紧她的手，给她掖紧被角，端来一碗热汤；还有，老人给桌上的插花洒上几滴清水。她不敢想象有一天老人会离她而去。在病榻上，她拭去眼泪，猛地就想起了前不久对老人的那一次呵斥。她浑身战栗了一下。她猛然发觉了自己的不可饶恕之罪。那粗暴的声音如在眼前……她明白了，她正在经受自然而然的惩罚。这是神灵，冥冥中的神灵所施与的。想到这儿，她再无声息。

我讲得太多了。而你从来恪守一个仆人的本分，不愿说出更多。可是你如今能告诉你的心中，你的眼角，还有那一蓬白发中藏下的故事吗？

你的故事就是我的故事，我愿意品尝全部苦涩和欢乐。

我唤你什么好呢？我能把你叫成春天的母亲吗？

葡萄与靴

这是一片坡地上的葡萄园，几乎没经过多少侍弄。它们大概很少修剪，没搭架子，没有篱笆，葡萄棵显得那么散乱，自由地生长，可是它们却结出了如此甘甜的葡萄。它们完全与这片未加雕琢的田野融为一体。秋天一来，它们就成熟，就甘美，就迎来收获的女人。

这是一片贫寒而富丽的葡萄园，就和她们一样。

她们摘下一篮篮的葡萄，倒在旁边的木桶里，葡萄很快就要被拉去做酒浆。这个季节的太阳不再那么火烈逼人了，多少有点儿像春天里的阳光。不过吹来的风，在傍晚总有一丝凉意。她们围上头巾，那一头浓旺的头发只有被扎束起来，她们才能够专心地劳动，不然它们就常常垂在额上。

她沉默的时间越来越长了，简直半天不吭一声。她们喊她，她也听不见。她常常若有所思地抬起头，看着远方：运送葡萄的马车，孩子，跑来跑去的狗，乡间的小路……

许多人都记得，她这长裙和上衣都穿了很久，打满了补丁。这衣服有点儿小了，紧裹在身上，不过这使她看上去更苗条。那变得越来越短的衣袖，做活的时候都不用挽。她把外边的长裙撩起，扎在腰上，这就更利索一些。她没有穿袜子，而是赤脚踏着一双蒲和麻做成的草靴。

这是一双引人注目的、破旧而古怪的草靴，它硬邦邦、鼓胀胀，靴面上只用布胡乱包裹了一下；靴子的最前端，还可笑地裹了一块蓝布。这样，整个靴子的前部就让人想起老式航船的船头。不知是多么陈旧的一双靴子，也不知为什么会穿在她的脚上。这与她俊美的面容、婀娜的身姿，显得极不协调，可是与她的衣着，与这丰硕朴素的原野、正在收获的葡萄园，又显得那么和谐。

她这一双草靴弥散出一种特异的美，它让人觉得踏实而稳固，那么厚重、有力。这笨模笨样的靴子甚至让人心生怜悯，让人觉得可笑复可爱。它稚拙、古怪、亲切，是十足的乡间宝贝、泼辣少女的爱物。当她在园中奔跑的时候，它就会重重地摩擦她的脚，可是那双生满茧花的脚对这些已经浑然不觉，满不在乎了。草靴镶了皮底，这使它非常耐用，以至于穿了好多年。最早它是很大的，大得让她不得不拖着脚走路。只是从去年，从前一个秋天开始，她才觉得有点儿合脚了。她甚至爱上了这双笨头笨脑的靴子。

这双靴子太美了，是因为她太美了。她是不为人知的骄傲，是留给未来和时间的最好的母亲。她的青春会凝固在这片葡萄园里，这片田野中，这个乡村的记忆中，这所有异性的目光中。

围绕你该发生多少故事，可是任何故事都不能诠释你概括你。你那双美丽的同时又是严肃的、令人有点儿畏惧的眼睛，那微微抿起的倔强的嘴角，火热微红的面庞，让人想起一个葡萄的精灵。

你脚踏的那双鼓鼓囊囊、怪模怪样的靴子，该摆放在千古不朽的博物馆里，去供人猜测和欣赏。谁想得到就是这其貌不扬、怪里怪气的一对草靴，曾经负载和承受了那样的一个灵魂、一个躯体。它随她移动，不，它驮着她移动，移动在茅草和荆棘丛生的田野上、葡萄园里。它染过葡萄颗粒的糖汁和茎叶的绿色，它被她的手抚摸过、拍打过，揩去一点儿泥污。她注视着它。她那双手不知几百次握住它、触动它，把它脱下又穿上，放下又拿起。葡萄园里那叽叽喳喳的声音，朗朗的笑、粗野的笑，各种各样的吆喝，都与她无关。她没有参与，她仿佛永远只是她自己。只有那牛的哞哞声，羊的咩咩声，还有鸟的欢歌，能够吸引她的目光。她常常抬起头，瞥一眼心事重重的葡萄园。

这个秋天，这个香气慢慢潜伏到土壤中去的秋天，竟让她感到不知如何是好。她做活又快又利落，几乎没人比得上。她提着盛满葡萄的篮子，往木桶旁边走去，脚下的靴子发出嗑哒嗑哒的声音，显得多么沉着。离得老远，这靴子声就告诉别人：我来了。噢，她来了，他们稍稍躲开，让她把葡萄倒进木桶。有人故意嘲笑她的靴子——实际上是羡慕，是难言的什么掺在其中。她垂下眼睫，看也不看。

最寒酸最富有的姑娘啊，像这个秋天，这个葡萄园。

又有人取笑她了，她刺了对方一眼。

他们夸张地躲开。

据他们自己讲，他们不是怕这目光，而是怕那一对靴子：那是一对钢硬浑圆的靴子，踢在腿上一定非常痛。

他们这样说，心里却非常渴望让她踢上一下。

她与顽皮

这是她在乡间的三个学生，三个调皮鬼。他们每个人都有自己的高招儿。在开阔的野地里，他们就像三只田鼠，任何角落都有他们留下的痕迹。他们简直不可以驯化，没有人能够教导他们。他们尤其厌恶书上的东西，只喜欢穿登山鞋、牛仔裤，小小年纪就崇尚牛仔。他们的T恤衫上印满了一些神奇的图案：马、赛车、虎和豹。他们三个都长了金色的头发，面对照相机时擅做各种各样的怪相。

她现在却因为他们三个而自豪，露出了满意的微笑。她穿着紫红色的上衣，上衣的下摆掖在蓝色的条绒裤里；不施脂粉，连淡淡的口红都不搽。她像施展魔法一样，使这三个狂放不羁的顽皮鬼相信读书是必要的；相信除了嬉戏、田野、恶作剧之外，也的确还需要写写字，还需要读读课文，听听故事，听听音乐，以及文明世界里很多很多等待他们学习的东西——那都不是坏东西。

三个家伙就在这种近似于游戏的、愈来愈浓的母爱的气息中，进入了一种生活轨道。他们的野性稍稍收敛了一点儿，可是有一些把戏，她却仍然愿意他们进行下去；有一部分野性，她却始终希望他们加以保留。所有的人都认为这个年轻的女教师实在是具有一种魔力——有人曾经向她授课的那几间小平房窥视过，想看见她拿出什么令人惊奇的魔法。没有，她只是微笑着，向他们讲授，或者与他们一起游戏。他们三个都像小猫一样，乖乖地待在旁边；他们簇拥在她身边的那副模样，真的让人想起一只大猫和三只小猫，而且都是毛茸茸的。四个微微垂下的头颅都闪动着光亮，漂亮极了。窗上的光线透过去，正好照在他们闪闪的头发上，让人生出羡慕。

她非常爱他们，就像他们非常爱她一样。这是姐弟的关系或母子的关系，是至为奇特和美好的关系。她有时对他们很严厉，这严厉让他们一半儿惧怕，一半儿期待。总之他们有时候真希望让她动手揍一顿，当然，她从来没有那样，而顶多是用手轻轻地拍一下他们的后背，抚摸一下他们乱蓬蓬的、吐放着香味的头发。那时她觉得这手掌就像抚过了一片玫瑰花，手上长期存留着那种奇特的香味。这是怎么回事呢？深夜里，她闻闻自己的手掌，生出这样的疑惑。三个多么好的孩子，“这三个家伙……”她自语一句，睡着了，两眼夹出了长长的睫毛。

一个九岁，一个八岁；那一个十三岁了，个子高一点儿，爱戴一副眼镜。他每一次到野外去，都戴上这副变色镜，自愿充当她的小保镖。

生活当中的确有一部分没法教导的人，而其中的绝大部分是从童年开始的。于是我们也就需要很多教育家、道德家、女性、母亲和兄妹。当诸多角色集于一身的时候，她就变得平凡而神圣起来了。平凡是指她愈加朴素与温和，神圣是指她那颗高贵的心灵，指她散发出的无所不在的人性的光芒。她的纤纤身躯之中如何蕴藏着那么高的热情、那么大的能量，使任何艰难在她那里都悄悄地化为平易。她甚至对惊人的烦琐都毫不畏惧，好比一个有高超本领的人面对了一团紊乱的线球，先从容不迫地取在手中，一会儿就找出了头绪，微笑着慢慢将它解开，并重新加以归拢。

她会弹钢琴，还会演奏手风琴。她的嗓子稍微有点嘶哑，可是却具有巨大的磁性。她的歌声，除了迷住他们三个之外，还有乡村里的其他人：矿工、流浪汉、形形色色的人；有小官僚、收税员、警察、魔术师。有一个流浪汉伏在窗口听她歌唱，整整听了半天，也许是凝了神，忘记了一切，嘴角拉下了长长的涎水——三个孩子一转脸看到那个穿着破衣烂衫、满脸灰尘的流浪汉，不禁喊了一声。流浪汉却不为所动，仍在倾听——这时候她才转过脸来，明白是怎么一回事后，就轻轻地在他们后背上拍打了一下，然后继续唱下去——这时她有一半内容是唱给那个流浪汉的了。最后，那个年过半百的流浪汉满含泪水离去。他走了很远很远，还回头遥望田野上的这间小屋。

春天，阳光和暖、没有风的时候，她就领他们三个走出来。在牧场旁，他们久久地看着满身是美丽图案的、垂挂着一对硕大乳房的奶牛，或者是一群洁白的羊。他们看着在篱笆旁不停地嗅来嗅去的狗，伸懒腰的猫，还有树梢上蹦蹦跳跳的蓝鸟。渠畔上到处都是绿色，他们问她这是什么，那是什么，她笑着告诉他们这些植物的名字。其中有一多半她也搞不懂，然后她就提议来一个比赛，看谁在更短的时间内能从书本或其他人的嘴里，弄清它们的来历。

最小的那个孩子是个孤儿，他需要更多的照顾。夜晚，有时她和他待在一起，要为他做饭，做洗洗涮涮的事情。这孩子还记得母亲最后那一年里为他做的所有事情：讲故事，做一种甜羹；还有噩梦惊来时的饲喂，怎样紧紧搂抱……这一切他不自觉地要她也重复一遍。她极力模仿孩子的母亲，为他做那一切。有一次，孩子紧紧伏在她的身上，用力地、不停地吻她，泪水打湿了她的胸部。她叹息着、抚摸着孩子的头发，把他圆圆的脑壳按在自己胸前。后来，她也哭了。这是幸福得不知如何是好的泪水。她觉得自己幸福极了。她为自己的职业、为自己的工作、为这三个孩子，特别是这个孤儿，感到幸福。

她对他们深深地致谢；还有，对这个乡村，这片土地。她希望他们长成她心目中的男子汉，地地道道的三个英雄。不知这个愿望能否实现，但她期待着，就像在失眠的夜晚期待天明一样。某一天，当他们到了一定年龄的时候，就要转学，到正式的合堂教室去度过他们的求学生涯。那一天多么可怕又多么可喜，但他们三个没有任何一个希望那一天早早到来。他们也许会坚决拒绝那一天的。可是她会用目光为他们送行，会告诉他们：曲折的乡间小路总是通向一条大路，而大路，又总是通向天际……

勇敢地走吧，三个男子汉。

是的，那一天会到来的。

动之余

作为一个飞行的精灵，你此刻如此安静地停靠在一道栏杆上。一身戎装把你打扮得英武利落，透着一种简洁的美。

在匆忙的旅程之中，在风驰电掣的航行之中，你很少这样安然、恬静，目光里、嘴角边，有那么多的微笑。我注意到，你身旁的栏杆上落了一只蝴蝶，那恰像是你的一个浓缩的灵魂、飞动的象征。这是大自然一次最绝妙的组合与描绘。

不知命运为什么要把你投放到这种军旅生涯中，也许长期的和平年景，使一个时期充满了幻想和憧憬。战争离不开女性，可是战争有时候又不得不让女人离开。女性在浴血的战场上无论如何还是一些身份特异的人。她们应该是一些被保卫者，可是，她们却参与了保卫，并且成为一道纤细而又坚韧的、不可摧折的纽带。她们可以出击、开火、传达严厉的命令，甚至可以做将领，高举殉道和搏杀的旗帜。但在安静下来的时刻，在她们不由自主地流露出女性的温柔的时候，又立刻可以唤回许多美好的回忆。运动与驰骋之美，军旅之美，有时候可以被她们悉数囊括。

她们走进那个世界之前，很少想到那种惨烈的场景，至少不愿化入那个场景。可是当它来临的时候，她们又往往表现出特异的英勇和无敌的气概。那一支队伍因为有了她们而变得锐不可当，她们也因为投入了那个世界而化为生命奇迹。她们的美几乎不可抵御，人们常常在很久之后回忆起她们奔突的身影，仍会产生出阵阵惊讶。人们难以理解那些纤弱、柔情，充满了幻想和浪漫的女性，如何在一瞬间变成了那样。每一个人的行为都紧密地联结着往日故事，可是她们的故事呢？少女的故事，爱的故事，思念与告别的故事……

此刻，她停靠在这个栏杆上，文静如一朵兰花。她的眼睛注视着，充满自信，若有所思，温柔中透着刚毅，让人想起在这个安静的瞬间，她又沉浸和回返到了自我的世界。那是女儿的世界，是月光下的潺潺流溪。可是在另一个时刻，这溪流又将汇成瀑布大川，汹涌滔滔，一泻千里，可以卷进一场风暴，化为风暴的飞溅和卷波。那种水不是温情的水，可以抚摸的水，而是暴力之水，可以涤荡荒原，可以摧毁岩石，可以冲溃万里长堤。那是重塑江山的水。

谁也想不到这个停靠在栏杆上的女性，曾经那么着迷于稚嫩可笑的童话，曾经为饲养的一只小鸟的绝食而流下了眼泪。她那么容易欢欣和绝望，笑声直冲云霄，泪滴洒遍衣襟，发辫在风中飘荡，一天扮十二个鬼脸。只是后来，她的身姿才在春风里渐渐丰腴、苗条、挺拔，亭亭玉立。就在这爱怜铺天盖地卷来的时刻，她被另一种事物所吸引，几乎在猝不及防的时刻，伸手接过了一套戎装。

你可以飞了吗？可以。飞到高空，与云彩结伴，去抚摸星星。她从一个神话走进了另一个神话，从一个童话王国遨游到另一个童话王国，这对于她几乎都是真实的，是放在手边的梦境，是激活了的童年彩绘。她像电影、图片上的人物那样双脚并立，身躯挺直，举手行礼，报告首长，行操，遵守口令，唰唰列队，点燃篝火，操练……开阔的广场，汗水，浑身尘土，星夜行军……这一切全都来到了面前，疲劳、困顿，甚至有一种经受磨难的感觉。但是这一切都被悄悄地忍受下来。慢慢地，她习惯了，筋骨强壮，浑身都是力量。她敢于迎视男人热辣辣的目光，同时也有了各种各样的打算。她的设计渐渐变得比过去坚实可行，她的预想既大胆又非常现实。所有的人生坎坷，都在她军人的步伐下被踏平，被跨越。对于她和她的姐妹们，往往是最为重要也最为麻烦的事情，那就是爱情——它如今也变得触手可及了。它在机声隆隆的工厂，肃穆的机关大楼，或者就在广瀚的民间。明天简单、平坦、充实，秩序井然。她们准备在有一天向自己的爱人骄傲而顽皮地展示这一件又一件簇新的和陈旧的戎装，用那些惊险的回忆，刺激他强大的爱情和浪漫的情怀。那种生动的情节、跌宕的述说，可以从午夜延续到黎明。她要把她的战地笔记送给他看，让他男子汉的傲然神情从脸上一扫而光。

谁想到她还有过人的温柔呢，她的不可匹敌的女儿家气质，只有在这道安静的栏杆上，才一丝不漏地显现出来。

他该看到这一帧图片，看到她的未来、昨天和明天。她安然羞涩得像旁边的一朵蝴蝶似的。是的，她是它幻化的身躯。

人生的确应该书写不同的章节和段落，它们起承转合，互相映衬，从开篇到终结，色彩斑斓，声情并茂。就是昨日生涯使她练就了一副娇小而强劲的身躯，柔细而粗犷的性格；她低声细语，冷不防暴怒中还会吐出个把粗话。他将睁大惊讶的目光看着她，发出一声惊呼。

她将会意地一笑，她笑起来多么妩媚。特别是她微微上翘的右嘴角，藏下了多少奥秘，多少可爱的东西。

你有点儿胖，胖得像个布娃娃，一个做坏了的雪人，一个常常涌出很多坏念头的女孩，一个抹成了粉鼻梁的越剧演员，一个走运的傻乎乎的歌手，一个大胆的女护士，退役的电视播音员，美丽的女二百五，或者是转业到地方的女首长。你还有一双柔软的手（经历了那么多粗粝，为什么还有这样一双手），你将要走向何方？

她用古板的眼睛告诉他，我有你永远诠释不尽的隐秘，我是一块让你绝望的顽石，我是一方浓得化不开的胭脂——你随便把我看成什么都行，只要你爱我；但是，你爱我，要爱我的全部，要爱我的呼啸和飞翔。

乡　菇

这样一幅图片出现在眼前，让人感到亲切：一种暖融融的喜悦从心底泛出，余味悠长，历久难消。

……水流明净的渠边，一个又一个麦草垛子，像蘑菇一样破土而出，倒映水中；旁边，则是一株株不大的榆树。

这幅图片使人的脑海马上涌现出两个字：乡村。是的，这是它永恒的徽章。它们真的是一片肥硕的、永远采摘不完的乡间蘑菇，给远行人以心灵上的极大滋养。

当火车奔突在辽阔的原野上，路边突然出现这样几顶"蘑菇"，旅人心头就会一动，一丝温煦油然而生。远逝的故事重新出现在眼前：童趣，乡情，温柔的大婶，慈祥的老人，在春阳下冒着淡淡烟气的长杆烟斗，还有翘着尾巴嗅来嗅去的花狗，嬉戏和追逐，不为人知的小心翼翼的童年……这一切都被越来越严厉的成人生活给阻隔和打碎，而只有在这乡间的镜子——渠水前重新得以映现。它那么明亮、清晰。

这种情感不仅是来自乡野的东方人的感怀，而且也是西方人，甚至可以是有完全不同文化和血统的一个伯爵的感怀。人们似乎还记得托尔斯泰在《复活》里所写的那个著名的冬夜，主人公在冬天的大河旁，在这蘑菇一般的草垛旁，那些让人感激的经历——月光下伴着冬末春初大河咔咔的冰裂声，他们追逐、嬉闹，深深地沉浸和爱恋……

给人温暖记忆的草垛，蓄满了春阳气息的草垛，柔柔南风不断抚摸的草垛，贮藏了多少回忆：金色的童年，昨天的笑声，一切的冲动、欢娱、隐秘，再没有比它更能引发一个人的怀念和回想的了。它们就是这样永远未能绝迹地出现在平原、山区、乡野，像真正的乡菇一样清香扑鼻——那种生鲜的气息使人如此迷醉，回味不尽。

它的旁边常常是那些无家可归的流浪汉和天真烂漫的童年，世界上最神奇最有趣的人物皆来此欢聚。这儿也是那些可爱的生灵徘徊之地，是思念和爱怜之地，是经过漫长的冬天之后，春天的太阳最先光顾之地。没有了它们，生命将失去多少庇护，多少机会，多少可爱的盼念。它们是一次丰足的收获之后留下来的余甘，是生活中品咂不完的香甜的后味。就在这里，那些从遥远旅途上跋涉而来，贫穷无望同时又是自由欢畅的流浪汉们，舒服地仰卧下来歇息，获得一份力量、一种安宁。这是他们长途跋涉的驿站。儿童跑上村头，奔向这里，猫、狗，甚至是其他动物，也都不约而同地奔向这里。

这里有着不可理解的吸引力——这一切，都在回忆中一次再一次地被认定。它的确是一个耐得住推敲的事实。

我相信，艺术、思想，以及一切伟大的创造，都源发于一种强大的回忆的根底，滋生于一片肥沃的土壤。失去了这土壤，她们就枯萎、苍白、羸弱，以至于最后死亡。关于美好的回忆、生命的最初冲动，与它连在一起的各种图片、意象、细节、动植物、场景，都会生气勃勃。它们被赋予了生命，生发了思维，滋养出第一片叶芽。它的联结之线往往不为人知，可是它在很长的时空里都用力牵引那个移动的生命，决定和影响着他（她）的一举一动。

这些“蘑菇”有时也是质朴和贫穷的象征，它会不断唤回你所拥有的各种记忆，让你想起呼啸的北风冬雪、风雨交加的夜晚、荒凉之地的神秘呼唤，以及各种各样的昨日经历——也正是这一切糅合在一起，才构成了它夺人的魅力。

如果这些“蘑菇”非常瘦弱矮小，就证明它所处的那片土地是如何贫瘠；如果它们高大肥硕，那么就在回报一片土壤的厚实肥沃。在春天，每当南风把田野上的一片绿色催发得蓬蓬勃勃的时候，一个秋冬的风雨会把它们吹打得更为朴素。这会让你产生强烈的季节交换的感觉，给你增添多少昨天和今天的衔接所带来的妙不可言的想象……

总之，拥有关于它们的记忆，获得关于它们的感动的，肯定是一个有力的健康的心灵。

美 生 灵

暮色中，河湾落满云霞，与天际的颜色混合在一起，分不清哪是流云哪是水湾。

也就在这一幅绚烂的图画旁边，河湾之畔，一群羊正在低头觅食。它们几乎没有一个顾得上抬起头来，看一眼这美丽的黄昏。也许它们要抓紧时间，在即将回家的最后一刻再次咀嚼。这是黄河滩上的一幕。牧羊人不见了，他不知在何处歇息。只有这些美生灵自由自在地享受这个黄昏。这儿水草肥美，让它们长得肥滚滚的，像些胖娃娃。如果走近了，会发现它们那可爱的神情、洁白的牙齿，那丰富而单纯的表情。如果稍稍长久一点儿端详这张张面庞，还会生出无限的怜悯。

没有比它们更柔情、更需要依恋和爱护的动物了，它们与人类有着至为紧密的关系，它们几乎成为所有食肉动物的腹中之物，特别包括了人类。它们被豢养，被保护，却要付出生命的代价。它们只吃草，生成的却是奶，是最后交出的全部。它们咩咩的叫声，可以呼唤出多少美好的情愫。它们那不可理解的互相倾诉和呼唤，那由于鸣叫而微微开启的嘴巴、上皱的鼻梁，都让人感到一个纯洁生命的可爱。

它们像玉石一样的灰蓝色眼睛，有时会一动不动地看着你，直到把你看得羞愧，看得不知所措。

它们还很幼小时，就长出了一撮胡须，甚至还长出两个可爱的肉坠。你抚摸这胡须这肉坠，似乎看到它在向你微笑，向你无声地询问：你的来路，你的归路。可是它唯独不谈自己，不触及那无一例外的凄惨命运。人在这种美生灵面前，应该更多地悟想。人一生要有多少事情要做，要克服多少障碍，才能走到完美的彼岸。这遥遥无期的旅程，折磨的恰是人类自己的灵魂，而不仅仅是这一类生灵。人类一天不能揩掉手上的血迹，就一天不会获得最终的幸福。这是人类未曾被告知的一个大限、一个可怕的命数。在这个命数面前，敏慧的心灵应该有所震栗。

温柔和弱小常常被欺辱，可是生命的无可企及的美却可以摧毁一切。它最终仍然具有威慑力和涤荡力。

三只小羊跟在它们母亲身边，那种稚声稚气的咩咩声至为动人。它们的母亲只顾寻找食物，几乎对它们的呼叫充耳不闻。它需要抓紧时间摄取更多养料，以便生成奶水来饲喂它们。它知道这些撒娇声，这嗲声嗲气的求告和呼喊没有多少要紧。三个孩子没能使母亲注意它们，最后就自觉无聊地在一块儿戏耍起来，像赌气似的，离母亲尽可能远一点儿，用有些笨拙的、粗粗的，像木棍一样的前腿去踢踏绿草，或者是瞅准了一个踽踽独行的小甲虫，用毛烘烘的嘴巴去触碰，打一个不为人知的小喷嚏。它们有时候也干架吵嘴，甚至拳脚相加，额头顶在一起比赛角力，甚至故意伏在另一个的背上，让它一边抱怨一边驮着往前走……这样的把戏玩了一会儿又觉得无趣，它们就一块儿向着远方奔跑，一蹿一蹿的，那是学着大羊们奔跑的样子。它们一口气跑到了河边，最后返回。它们从几只大羊的空隙中站直——它们想起了母亲，立刻惊慌失措地呼叫起来。它们的母亲也在寻找孩子——她一抬头发现孩子们不见了。母亲的叫声比小羊的叫声要粗重有力多了。这遥遥相对的呼应此起彼伏，渐渐惊动了群羊。所有的羊都昂头发出了叫声，帮一个母亲寻找三个孩子。后来它们三个重新回到母亲身边，羊群才开始寻找食物。

荒原，草地，开阔的原野，好像最适合放牧，天生就该是羊的世界。羊们几乎毫无侵犯性，全身都蓄满了阳光。它们把这温暖和热量分赠人类，人类却对这宝贵的馈赠毫无感谢之情。他们已经习惯于从弱小的生命里索取和掠夺，因为他们自己在同类中也常常这样去做。在不同的物种之间、不同的动物之间，比人类更无知更野蛮更荒谬的，并不是很多。比起很多弱小的生命来，人类几乎不懂得羞愧。他们也曾编造和制定出一些道德的规范和准则，却对自己的不道德视而不见。他们更多的时间像羊一样吃草，有机会却要放下草吃羊。他们常常奢谈自然界的所谓“食物链”，却从来不研究自己与其他动植物所构成的“食物链”。在整个宇宙的生命链条中，人类构成了多么可怕的一环。作为某些个体，他们不乏优秀的悟者；作为群体，他们却是无知的莽汉。他们在把整个星球推向毁灭的边缘，却又沾沾自喜地夸耀和骄傲……

暮色苍茫中，这一群美生灵被霞光勾勒出一片剪影。它们驮着所剩无几的光明踽踽而行。它们大概也会有关于黄河岸边这美好一天的记忆吧。

每一天对它们大约都是珍贵的。灿烂的阳光，绚丽的黄昏，无边的阔水和碧绿的草地——大概它们心中都会留有这美好的印痕吧。

从它们灰蓝色的眼睛里，从那种默默的注视中，似乎可以感受它那潜在的灵性、温柔的本色、善良的心情。在这生命进化的历史上，它们的确是一些跨过了漫长世纪的苍老的生命；它们也许懂得太多太多：关于这个星球，关于漫漫时光，关于生命的秘密。

原来它们颌下垂挂的那一缕胡须，远远不是什么滑稽的标志，而是深刻的象征。它们正因为对这个世界知晓得太多，才这样听天由命。

它们从来都没有停止去做的，就是每天用自己弱小的身躯，驮回最后一缕阳光。

漫　漫

置身于旷野和闹市，在河流一般涌动的人群中，人常常被什么所吸引。它会像闪电一样在眼前一亮：它是一幅图画，一丛艳丽，一种动物，一个人，一位男性或女性，一对目光，一个情节，一次交汇……你与之擦肩而过，但一旦被吸引，也就历久难忘。你心中对这一切生出感慨、焦灼不安或巨大遗憾——就是这些在你心里重重叠叠，像泥土一样沉淀，形成心灵的沃野，最后再生发出诗意的青苗。

我们常常想到，作为一个个体是多么单薄渺小，它在万千生灵万千事物面前，只是大漠一粒，是草原一瓣。无论你在枯萎，在消灭，在茂长，或者是在分解，在吹散，对于整个大千世界都微不足道。

与此同时，漫漫时光中其他的一切，那难以胜数和探知的一切，都在依照自己的秩序生长、死灭、焕发。你的感知和发现将是没有穷尽的，直到你最后丧失了这种能力。

从空中往下俯视，可以发现那些不知名的村庄、聚居地，还有一处处的山脉、丛林，许多许多不为人知的什么，陌生地出现在广瀚的大地上。它们各自构成一个独立世界，这个世界每天都上演着自己的悲喜剧，产生出一些狂欢和忧郁。

每个人都是一个世界，这世界就在这永不屈服的沟通和连接的努力下，彼此封闭，默默生灭。它们是无声的喧哗、山呼海啸般的沉默、转瞬即逝的永恒和残缺组成的完美。你在哪里？你为什么痛苦、欢乐和忙碌？哪里是你的来路？哪里又是你的终点？你又为何在这漫漫人流之中？为何掩泪叹息？

一株美丽的萱草花开在溪流之畔，和它在一起的都因为各种原因枯萎了，它就在这个隐蔽的角落，在这个人迹罕至的角落，愤怒地开放。只是一个非常偶然的机会，一个人走到了它的旁边，对它旁若无人的骄傲感到阵阵惊讶。他们彼此陌生，没有语言可以沟通，只是无声地注视、留恋，然后分别。他似乎感到了萱草花那警觉的目光里包含着挑战、嘲弄和无可奈何。他想起有一次在海边丛林里奔走，整整多半天的时间里没有喝一口水，口渴难忍，太阳好像越来越亮，蒸腾着全身的水汽。他看到丛林草地上到处都蒸发着薄薄的气体，所有的四蹄动物都因为焦灼而嗷嗷嗥叫；鸟雀烦躁地飞动，发出沙哑的声音；野鸡在另一边呼唤，也是找水的声音。孤单的丛林里只有他一个人。他正急匆匆地赶路，突然，他发现了灼亮的一角。他的心中立刻一惊。他一直走去，脚步充满好奇，小心翼翼又急急匆匆。原来是这样！他发现在一丛丛丑陋的刺槐灌木之间，那么突兀地生长着一株夜合欢——它开得那么灿烂，真是生机盎然，墨绿的叶片翠嫩欲滴。它的另一边就是耸起的一座白沙岭，上面差不多没有一株植物。原来那陡陡的沙坡不断有流沙披挂下来，压根不可能有什么植物生根。这金红色的合欢花，干净的白沙，互相映衬，显得美极了。他好像在这海边丛林里第一次验证到了美的本源。他蹑手蹑脚走近。他是一个唯美主义者，此刻正被这一棵夜合欢带来的奇异所征服。他压抑着心底的惊喜，围着它徘徊再三。后来，就在那沙岭的旁边，他发现了一潭碧水。这又是一个奇迹：清得不见一丝污浊，水底白沙粒粒可辨，少许水草长得茂盛。他怀着感激之情，俯身痛饮一口，清冽、甘甜。他当永远牢记：荒原甘泉。

事过很久了，他还常常回想那一幕：那花、那泉，那奇怪而美好的遭逢。

时光漫漫，人的一生也许只能偶然地经历一两次奇迹，久久难忘，更多的是对一种苍茫辽远的恐惧。有人能够把那偶然的相遇、美好的存在，自觉地与漫漫时空联系在一起。他把它们一概称之为“漫漫”。

在这个大都市的角落，在这幽静丛林中的柏油路边，你推着自行车匆匆而过——是什么吸引了你，让你侧过身用力地、稍稍不安地看着？你看见了什么？你在看马路的对面那棵大树、那个戴着墨镜的邋里邋遢的男人？

你很快就穿过马路，驶向另一边——消失在漫漫人流之中了。

你从哪里来？你到哪里去？你为什么要戴一副那么宽的粉红色塑料发卡，发髻又扎得那么高？多么可笑多么神气，多么自由多么洒脱。可是你好像也十分无知和莽撞，你会是一个只知道大声喧嚷的可爱的孩子，也许生活的浪花会在不经意的时候把你卷到很远……多么顽皮，有时你就像被搔到了笑穴似的，忘记一切地哈哈大笑。时光就在这笑声中漫漫流逝。

像人生中那些突然遭遇的令人难忘的奇迹一样，你的名字也叫“漫漫”。

荻 火

一片荻草像火焰一样向四周蔓延，汹涌着扑向四方。它带着大自然所赋予的那种不可遏制的激情，燎动和飞溅，仿佛可闻猎猎之声。火焰在空气中抖动，灼人的热浪扑面而来，火势在风中越卷越大，射向无边的荒原。

大自然总要以一些奇特的方式，以各种各样的方式，来表达和再现长久时光中所蕴蓄的巨大激情。它可以是峰如涛涌的山脉，是怒吼的北风，是烈风中狂舞的雪花，是暴雨，是雷霆电闪，是狂泻的瀑布，是大海日夜不息的喧声。它的激情可以化为愤怒，化为癫狂，也可以化为眷眷柔情。

像眼前燎动的这片荻火，多么好地再现了大自然那种不可遏止的感动、猛烈和狂放。夕阳下看去，它真像火焰，每一次拂动都像火苗的一次伸长。有时它又让人想起苍茫大地上奔腾着的人群和马匹，甚至是秋天里倾泻而下的秋洪，那不可阻挡的潮流。它们呈放射状向外奔突，呈一大股一大束，沿着不同的方向；它们显示了一种趋势和力量，让人想到历史的十字路口，想到发生转折的一瞬，想到决定了千年历史的一个关节……

夕阳下的荻火，烈焰所舐之中，隐约可闻金戈铁马、铿锵之声——呼啸，嗒嗒马蹄，刀戟相撞。大自然究竟有着怎样的激情，这激情又为何如此地阔大、辽远、执拗和急促？

荻火有时也在微风里荡漾，在暖阳下摇动。那时候它们柔顺极了。这又呈示了大自然的另一种性格：绵软可亲的抚摸的力量。它让人想到了微笑、和煦动人的话语、一个安慰和一次休憩。

几乎每株荻草都在抒发着自己的情感，都在传递着对时光的抗议，表达着无边无际又是真实可感的那颗爱心。它们爱阳光，爱风，爱使其回返青春的三月、催生花束的夏天，甚至爱使它们进入冬眠的寒冬。大自然是这样美好，时间的节律是这样地均衡，一切的变故是这样地自然。风，雨，烈日烤炙的时刻和阴晦不明的雾天，寒冷，热烈，收获，孕育，一切都自然而然地发生了，让其经受和忍受，让其欢歌。也就是这些，组成了一个曲折遥远、色彩斑斓的明天。它们在为这时光的变迁，为漫长的岁月而祈祷、等待、忍让，表现了植物世界里的谅解和达观。

只有在漫漫无边的雨雾天里，在那种超常的阴暗和湿冷的气候中，它们才忍不住地流下泪滴。那无边的啜饮之声啊，那没有一丝风的大雾的昏暗啊，啜饮之声是那么让人揪心。淅淅沥沥，滴滴答答。隐在荻棵里的鸟雀、各种生灵，都一声不吭。它们都被这哭泣所打动了。这是大地女儿发出的泣哭，它们泣哭是因为这黑暗给它们造成的不可挽救的死亡，还有它们身旁其他生命受到的百般折磨。它们既不能袖手旁观，又无力挽回什么。生者为不幸者、哀伤者所痛苦。

无边的荻草不停地泣哭。它们为记忆中那一个个惨烈的场面而恸哭，为在同一片土地上所发生的那一场场悲惨事件而号啕。就是在这儿，几千年前，还有几百年前，有过一场可怕的厮杀。血迹顺着土壤渗入地表，它们的颜色，它们的因子，在那里凝聚、沉淀，再也不会消失。可它们又无法再现和再生，于是就把自己的一腔热情、愤怒、怨艾，还有对明天的指望，如数寄托给荻草，顺着它们的茎秆、枝叶，缓缓地上升，钻出地表。这片荻草啊，带着另一种生灵的魂魄，悄悄地扩展，无论在月光下、在冬天和春天，都伸长着根脉。它们长啊长啊，当年的血流到洇到哪里，它们就长到哪里；后来它们遮去了整个河边，整片荒原。无论是烧荒的野火还是开垦的犁耙，都不能把它们剿灭。

在这灰沉沉的阴雨污浊的天气里，它们不停地泣哭。它们为记忆，为历史，为它们的前身和后世，为那一场连一场的摧折、遭遇和无以表达的暴怒而泣哭。后来浓雾终于消散了，太阳出来了，阳光的热力越来越猛烈，它们重又燃烧起来——南风吹起，火借风势呼呼啦啦，在荒原上奔涌卷动。

这是从何而来的激情啊，这是土地给予的激情，是生命，是循环往复的生命，是历史，是自然，是时间，是不灭的记忆。

土地是有记忆的，自然和时光也是有记忆的。它们总是以各种方式来恢复自己的记忆，再现那辽阔奔腾、不可阻止的滔滔之势……

挑战的鼻梁

有人把你身着盛装，自我感觉良好的那个时刻用彩笔绘下，非常忠实地、一丝不苟地绘下。它能够完全再现你那一刻的心情、姿容，以及你的这副装束、这神情间的蕴含。

多么复杂的服饰：充满了皱褶的、薄如蝉翼的花边，千刺万绣的衣兜，缀满了花饰和皱褶镶边的肩部，宽松的绞缠的薄纱折叠的衣袖，暗红、紫色、浅绿和星星点点的黑色，雪白的旗袍纱，都说明了你是多么喜欢浓妆艳抹，喜欢那种繁复芜杂和折叠的美。大大的耳环，蓬松的头发，这一切加在一个少女身上，反而显出一种多余和不堪重负。

你似乎对这一切悉数接受，并极为欣爱。你双目微微上视，嘴巴自然合拢，额头闪着亮光。无论你的装束令人多么眼花缭乱，无论你的头发多么绞缠蓬松，像火焰一样向脑后飘拂——它们在光线中旋成的圆圈让人想到钢丝、烟，甚至是飞翔的肥皂泡——都掩不住另一个部位给人的强烈感觉，那就是你高挑的鼻梁。

在你生动的面庞上，那个鼻梁毫不含糊地向上伸去、挑起，充满硬度，倔强，实在有点怪异。它显示了你的执拗、不甘屈服、迎向一切、刺破一切的坚毅决心。在这个上扬的鼻梁的带动下，鼻中沟也有点高耸，唇部似乎也上翻得厉害，它们一块儿构成了鲜明的侧面剪影：那种突兀的棱角分明的线条是极易描画的。

我们不得不承认，类似的鼻梁在生活中是不多见的。大多数的鼻梁没有这样的锐利和坚挺，它们大多都线条和缓、质感柔韧，而远非这样光洁、坚实，金属一般。它显示的不是什么温和的、体贴的、随遇而安的性格，而是表达了一种勇往直前的冲刺的勇气，就像你一直射向前方的目光一样，它像在未知的遥远之中搜索着什么。

如果我们试着把这鼻梁稍稍地掩住，那么看上去一切也就全部为之改观，甚至马上变为一副羞怯的神色——那将完全是另一个少女。同样的眼睛、眉毛、嘴巴、面颊、服饰和头发，却转而让人想起一只小猫，一只鹿，一只白羊，一个随时准备投向更强者的女性，需要看护、照料、爱抚和安慰——而遮掩鼻梁的这只手稍稍地挪开，一切又立刻回到了原来。

你是一个远去的陌生者，无法追寻；但你唤回了诸多记忆。

在很早以前，莱茵河畔的一个小酒馆里，一个英国女歌手（兼作酒馆老板），带着西方人热情奔放的性格，以及对于遥远的东方客人的盛情，为我们唱了一支又一支歌。她在一个简单的乐队伴奏下，手打响指，在麦克风前唱得神采飞扬。她的嗓子略带沙哑，唱了几支歌之后很快沉醉在自己的声音里，如痴如醉。原来一直在歌声和乐声之中饮酒聊天的顾客，这时都停止了喧哗，一齐转过脸来。我相信小酒店里的客人大多都是嗜酒者，常来光顾，他们也许突然发现了女老板在这个夜晚不同寻常的激动和投入。尽管她的歌词我们没法听清，却被她的声音、她的神采所打动。

那是一个非常愉快的夜晚。许多年过去了，当我回想起那个夜晚的时候，一切都还历历在目。特别清晰的是她的那个鼻梁——硬邦邦地向上耸起，别致、坚毅，刺破了夜色，仿佛她嘶哑的歌声就由这一个扬起的鼻梁所牵引。她简直像一个形貌特异的小动物，对这个令人恐惧又充满诱惑的世界，不得不更多地使用鼻子，于是它的嗅觉特别发达，它在使用那个显著的鼻梁不断地嗅来嗅去……它寻找路径，探知未来，测试命运，规避危险，于是她因为那个独特的器官而骄傲。它自己也骄傲着，于是它高高耸起。

……不知为什么，它引发了许多想象和回忆。它们交叠一起，使人长久沉默，追溯那一个又一个熟悉的或不那么熟悉的面孔，逐一分辨。那是多么冗长繁杂的一沓子故事、一些忆想和怀念。生活中各种各样的曲折、和顺、煎熬、忍耐和欢娱的场景，潮水般涌来。昨日时光不断地离我而去，而我只是注视着这定格般的绘画，看着这似曾相识又令人稍稍惊讶的一幅肖像。

每个人都是一个奇迹。当我们稍许正视它们，即会感到生活是多么不同凡俗。它还将变幻出无数令人眼花缭乱的一切。人在这个世界上，原是来不及惊讶和感叹的，他要迎接一路的挑战，匆匆地向前——直到自己的终点。

蓬　勃

那棵龟背竹强劲有力，充满了水分。仿佛有不可思议的力量在催发它、鼓舞它，它将长得更大更粗硕。它在一种无知的欣悦之中迎着阳光茂长——尘埃还没有蒙上它的茎叶，干旱还没有折磨它，苍老和萎缩还离它非常遥远，发达的根系还在没有止境地支持它，源源不断地输送各种养料，它对衰弱、枯萎以至于末路还不能理解……

坐在她旁边藤椅上的母亲，手持空空的杯子，刚刚饮完水。她的母亲比年轻时瘦了，个子好像也矮得多了。母亲告诉她年轻的时候个子有多么高。还有，好像母亲是在不知不觉中一点点变矮了，从骨骼到肌肉，都一块儿萎缩了。而她自己却正像旁边这棵龟背竹一样，处在水汽充盈、蓬勃向上的时节。

有时候她一口气儿可以把餐桌上的东西一扫而光，有时候又匆忙得吃不下一口饭。很多声音在召唤她，她急于离开。她好像越来越舍不得时间，越来越忙碌。母亲用埋怨和爱怜的目光看着她。她搪塞着，有时只取一块面包，一边咀嚼一边冲出房间，脚步咚咚地下楼。

她需要到更宽敞的地方。她像一匹两岁的小马，毛色油亮。广场和原野在呼唤它，它的鬃毛需要阳光去照亮，去打磨，上一层新的焗油。

草原上那油亮亮的马——骏马、驹子，都被太阳公公用焗油焗了一遍。她的头发，她的肌肤，甚至是那色彩斑斓的服装，都需要太阳老人的焗油。她不自觉地接受了它们，在这方面她毫无悟性，不知道颜色只有在光线的感染下，才会挥发出灿烂的本质。

她那件图案怪异、现代意味十足的毛线外衣和同样斑斓、多少有点儿花哨、让人眼花缭乱、紧紧绷在身上的裤子，都需要阳光。它们包裹着她，伴她走进了这个春天的下午。

盛春时节，寒冷一扫而光。向上蒸腾的地气被她的脚步缠绕着。她在很多时候甚至都能感觉到它们缠绕在脚板上，像丝线，洁白洁白，鹅毛一般轻柔，渐渐又从脚板往上，缠绕了周身。她就像手持一团棉花糖一样，轻轻地啃咬，伸出舌头去舐。它们融化了，撕裂了，一朵朵被她抛开，甩在身后。她一直向着下午阳光灿烂的广场奔跃。跑啊，跑啊，那里满是蹄印。无数的蹄印告诉她，很多伙伴已经从这儿跑开了，它们消失在广场后面的那片灌木丛中，也许它们正在啃食新长出来的绿色。想到这里她感到一阵急促和欣喜，发出一声响亮的、有点儿怪异的呼叫。她这时候真像一匹两岁的小马。

在好几年前，母亲就停止了对她的抚摸。这使她觉得有点儿快意，也有点儿于心不甘。过去母亲尽管带着责备，但总是把那双粗糙的手放在她的头顶，一边抚摸一边发出埋怨。母亲埋怨的语言多得让人害怕。在她听来，母亲觉得她一切都错了。错在哪？不知道。孩子手背上的裂口，头发上的草屑，衣襟上的灰尘，没有及时修剪的指甲，磨破的袜子，一切都被絮叨来絮叨去。她真不知道这有什么值得责备的。她知道母亲似乎在表达比说出的这一切要丰富得多的东西。有时候，她干脆把脸庞使劲抵到母亲肩部，仿佛在和母亲构成一种支撑。她感到了母亲瘦削的身躯有些发抖，怕她站不住，就偷偷地收回力气。母亲拍打她的后背，不自觉地用手捏了捏她结实的、厚厚的背肉。她听到了母亲那声满意的叹息。

那时她的头发没有现在长，差不多像男孩一样。她长得真有点儿像男孩。母亲说：“这时候很像，以后就不像了。”她倒希望自己永远像个男孩。到后来，她发现自己的身体不可遏制地膨胀，觉得自己强壮起来，伸了伸两臂，力量无限。可是她仍然习惯于做鬼脸儿，她做鬼脸儿是因为她有点儿忍不住。忍不住什么，不知道。反正有各种各样的顽皮的欲望，这欲望有时在怂恿她，想通过她的手把什么东西破坏掉。她甚至想砸一两件家具，微不足道的小器具，像瓷碗、鸡毛掸子、一个小竹篮等。当然，她从来也没有这样做。她知道母亲珍惜它们。她在母亲的吩咐下打扫卫生，把家具碰得砰啪响，母亲稍有埋怨，她干脆就把地板擦子扔到一边。她喊着不干了，不干了，母亲就过来接替她，可这时她又把母亲推开，又快又好地干完一切。

她莫名其妙地叫着“妈妈”，可是不知道下面要说什么、干什么。妈妈已经习惯了倾听她这些不废的废话。闲下来她还会唱歌，胡乱唱，嚼着面包或馒头，一边嚼一边唱。她发现自己的衣服越来越小，裤子越来越短，但她却不急于把它们抛掉。在同伴的启发下，她知道寻找更合体更漂亮更时髦的衣衫了。她开始打扮自己，留起了披肩发。在各种各样的图片、同伴、街上的广告画——这一切的诱惑和交错启迪下，她学着织出很怪异的毛衣式样。她找来了《毛衣编织法》，触类旁通地创造出很多花样。她把衣服的半边织成了蓝的，而另一边却织成了火红色。她故意要吓母亲和其他人一跳。到后来，她发现效果并没有预料的那样强烈——尽管他们都表示了不理解，但还是依顺了她。她原来倒渴望母亲能从她手中夺下这件衣服——没有，母亲埋怨很少，只听任她穿上去，甚至还不适当地赞扬了几句。多没意思。她穿上它，走到人多的地方。果然，太阳灿烂的时候，她身上立刻焕发出各种各样的光斑，就像来到了美人蕉丛，就像千层菊、大丽花，它们在太阳和春风里摇摆一样。她想，他们的目光都藏下了一声惊叹，他们的嗓子都咽回了一句呼喊，那就是：看哪！看哪！

她旁若无人地往广场上奔去。她谁也不看，只注意广场上留下的深深浅浅的蹄印。后来她飞跑起来。她长得微微肥胖，可跑起来毫不笨拙。

如发的电缆

在空旷的、无限烦琐复杂的装配车间里，她显得很能干。她甚至像一个小骑手似的，驾驭着自己狂跳不止的骏马，身躯灵动自如。

她戴了白手套，但没穿工作服。她甚至把长长的头发披散在后背、肩上。这很危险。为什么不戴一个工作帽，把它们约束起来？不得而知。

由于过多地使用了两臂，它们变得非常有力。她的手可以像钳子一样逮住要拿的东西，使它再也不能滑脱。

她只是课余来这儿打工。他们都欢迎她。她已完全掌握了整个工作程序。他们信任她，让她独自承担一个方面的工作。那些复杂得让人看一眼就头晕目眩的电缆、各种零部件，她都可以像摆弄自己的梳妆盒那样，弄得井井有条。

那些小伙子的工作服上满是油污，用脏兮兮的手捏起食物往嘴里送。快餐、饮料包装壳扔了一地。他们一开始对她保持沉默，那目光闪烁着不信任和挑剔。后来就越来越多地跟她开玩笑了。他们甚至在背后给她取外号。几个月之后，这外号才送达她的耳郭，她一点儿都不反感。

她难得一笑。因为她的牙齿不太好看。这使她看上去比实际上要严厉得多。那对深深的唇窝使她显得果决、有力。

小伙子们很想听她唱点儿歌，因为在整个车间，女孩都喜欢哼着曲子做活，唯独她不。你为什么不呢？她不回答，而且也没有笑。她鼻梁上架着眼镜，由于不停地忙碌，再加上这眼镜配得不太合适，不断往下滑，这就使眼镜腿显得过长，两个镜片离眼睛太远，让人想起放大镜。她长得不算漂亮，但是内向、有劲、熟练，很能适应环境。她干起活来一声不吭，老板喜欢。她浑身都是力量，个子不高，弹性十足，走起路来踏得地板咚咚有声。

他们有时候忘记了做活，看着这个新来的人。她对他们不理不睬。红色的电缆、蓝色的电缆，它们一束一束悬起，像她的头发一样顺遂地飘洒，细密得不可分辨。这是成千上万条神经，有它们的联结和衔接，那些钢铁机体才可以气脉贯通，产生力量和智慧。

由于是业余加班，有时候空旷的安装车间里只有她一个人，但她喜欢把所有的灯全部打开。电流在配电盘上发出嗞嗞声，多少给人以安慰。她通常干到深夜才一个人回家。她搬动了无数的电缆，大概经她的手抚摸过的电缆可以长达万里。

她有时候觉得它们很美。它们常常让她想起什么——人们在制作的时候，赋予它们各种各样的颜色，让其闪射出灿烂夺目的光泽：火红的、淡紫的，粉色、黑色、碧绿、蓝色，还有银亮的。她有时候甚至惊异于人类强大的创造力和想象力。也只有人类才能设想出这种粗粗细细的脉管，让其在世界上蔓延、伸长，流动着新鲜的血液。它输送养料，输送人的智能。通常这能量会转化为各种各样的令人惊羡的事物。它们传递声音、思想。它们是整个硕大无朋的肢体上长出来的神经。

这如发的电缆，在现代世界里无所不在，纠扯难分，究竟是多么睿智的头脑才把它们归拢、区别、分布到空中、地表，或运动着的机体的内部？

她从记事的时候起，就看见父亲和母亲带着电工帽、系着宽宽的皮带，皮带上悬挂着他们的武器——那是一些扳手、钳子、测电笔之类。她觉得他们的工装犹如军装，漂亮极了。当沾着油污的工装脱下，她就偷偷地穿上，宽袍大袖地在屋里走动，还学他们把工具刀拴在腰上。母亲呵斥她，父亲却掐着腰，有滋有味地欣赏着自己的女儿。

有一次，她看到父亲裸露着上身，后背上有一道长长的疤痕，她怕极了。母亲告诉她，这是父亲二十多岁的时候，在一次工伤事故中落下的印记。天哪，那该多么可怕，他一定流了很多血。她问父亲疼不疼，父亲点点头又摇摇头。

后来，她来到了父亲工作过的那个巨大车间。那里空旷极了，各种器械、灯光，让人目不暇接。父亲的工友们挤在一块儿喊着什么，屋里发出嗡嗡的回响。她怎么也弄不明白他们为什么个个扯着这样的大嗓门。父亲把她介绍给自己的朋友，他们转脸看着她。大概在长达一分多钟的时间里四周安静得很，他们没有一个人说什么。这些小伙子。后来她问父亲：他们为什么突然就终止了说笑呢？父亲说，因为你是一个小美女。

她牢牢地记住了父亲那半是认真半是玩笑的话。她就这样记着这句话上了大学，长大了。她的头发披散开来，就像支架上悬挂的电缆一样。她的大学所在地离父亲的那个工厂很远很远，不过她很想回到那里去，让那里的小伙子再看看她。她想试一试自己是否还具有让这帮高喉大嗓的工人突然终止说笑的、不可思议的能力。

但她很少有机会到那儿去。业余空闲中，她也想像别的同学一样去打工。到哪里去呢？她马上想起了父亲的大车间。于是她四处寻觅，后来终于找到了一间从模样上看与父亲的车间差不多的地方。她高兴了好多天。

可是这儿太空荡太冷清了。大多数时间里，这里只有很少的几个人，有时候甚至只有她一个人。

一次打工回来，宿舍里的电话铃响了。抓起电话，是父亲的声音。“宝贝女儿，你还好吗？”“是的，我很好。”接着她回答她爱上了那个车间，“它就跟你的车间一样大，它们差不多完全一样，只不过……”她沉默着。

电话那一端的父亲哈哈大笑。

她高兴，同时又寂寞得想哭。通话中断了很长时间，她还仍然紧握话筒。自己的手特别有力量，她知道这是打工带来的一个收获。

安然与激越

一个多世纪过去了。人们常到他的居所来缅怀、来幻想那个神奇而伟大的艺术的精灵。他的旋律不绝如缕，而且极有可能在人类的时空中一直回响下去。

产生这个精灵的时代已然成为历史，但他的心灵却与时代的脉搏连接在一起，把那个时代的最大隐秘和真实，传递给另一个时间和空间，传递给无数的人和无数的角落。这正如他自己所说：“我全心全意地希望我的音乐传播开去，渴望有更多的人喜欢它，会从这里面得到安慰和支持。”

今天，正如他希望的那样，他远非孤独，他的知音已遍布这个世界。

伟大的柴可夫斯基根植于俄罗斯大地，表现了自己民族的伟大精神，所以成为全人类不朽的瑰宝。

那间开阔的、简洁的、古香古色的客厅里，一块印花地毯上摆着一架大钢琴；另一端是几个艺术家的画像。在这个经过精心装饰的，又是极其简单和简朴的客厅里，所有人都会感受到一种肃穆和亲切的气氛。在音乐家所处的那个特殊时世中，他一味沉浸在自己的艺术里。就在这间客厅，他接待客人，幻想，创作，弹响那架钢琴。他灵巧的手指、沉迷的神态，一切恍若眼前。他在进行悠远而伟大的诉说。这诉说的声音呢喃不绝，到了地平线的另一端。

他大致过着简单规律的、整洁的生活，没有过多的嗜好；他的一生是安然而激越的。

曾有一个因为他的艺术而流芳千古的人物：梅克夫人。她是柴可夫斯基的资助者和知音。她热爱这位天才，为他的每一部作品所陶醉。在很长的时间里，她隐去姓名，只暗暗地帮助他的艺术活动。她深知自己这一举动意味着什么，它的意义——它让人感到了自豪和难以言喻的幸福。伟大的艺术家深深地感激她。

后来人不得不说她是一个伟大的夫人。艺术家自己曾把最好的作品题献给她，但更多的感谢却装在心里，融化在音符中。这音符带着对她的谢忱和思念，飞向了无尽的宇宙、飞向了神秘之地。

伟大的艺术家是有幸的，梅克夫人也是有幸的。他们几乎没怎么在一起，没有相处的机缘。可他们又是最亲密最相知的一对朋友。他们之间最紧密的纽带当然是艺术，是音乐的精灵。

今天看，对于艺术而言似乎并非一定要过多地依赖这样的夫人，可是艺术与这样的夫人所结识的时代，却往往是更为卓越的时代。他们的偶然相逢、奇特的联结，传递了许多难以言喻的东西。这是那个时代的一种必然。

即便在俄罗斯大地上，我们也可以预料，像柴可夫斯基这种极其内向，独属一颗诗心的美妙之声，是不可能有太多的人将它及时拾觅的。正像任何土地上的任何艺术一样，它到后来往往是走入一种沉寂的安然和内在的激越；它越来越具有不可诠释和不可重复性；它是个人的、费解的、奇幻的。只有在许久之后，在漫长的时光之汁的浸洗下，它才会得到进一步的分解，得到无数传播的机会，有了无数次心心相印的机缘、倾听与相告的机缘；才会慢慢成为永不消亡，被传递、被领悟的伟大奇迹。

人们往往在最纯净最美好的时刻才倾听他的声音；人们也在同样的时刻里走进他的故居，走到这间客厅，走到他所常常漫步的那块泥土上去。人们相信当年被他的目光所爱抚过的这些小草和树木，是那样幸福。人们有时也不免想到了那个夫人——人们试图去想象她的容颜、她的衣着，以至于她的气质和情怀——这似乎有点儿困难，不过也并非没有踪迹可寻。从那个伟大艺术家的创作之中，从他神妙的音符之中，人们或可隐隐约约看到夫人本人。

那个时代消失了。伟大的、奇特的受人尊敬的夫人，都一块儿消失了，但他们又在历史的尘埃中渐渐地凸显，像朝霞一样光彩四溢，这可以使后人思考最永恒的到底是什么。它或许不是石头、钢铁，也不是社稷江山。人类总是将最美好的瞬间，用某种方式去凝固起来，使之不再消失。也由于最美好的不会被取代和重复，所以这种凝固就会愈发显现出它的意义。

《悲怆交响曲》末乐章，是作者逝世前写下的最后的音符。这是唱给自己的一曲挽歌，也是唱给那个苦难的年代、严峻的时世和人生的。人与命运的抗争、激烈的拼搏、穿插其中的光明和辉煌；我们的希望不能实现的沮丧；对幸福的憧憬、无比的幸福和甜美；到人民中间去的愉快的情绪；不可抗拒的命运之神的威慑和打击；甜美与苦涩、不安与欢乐；短暂的逃避和最终的得胜；痛苦的结局——这一切都在无尽地倾诉着、包容着——能在这声音里感动的，必是特异的心灵，也必是重大的享受。可这种享受的确需要能力。

梅克夫人是首先获得这种能力的人，接着是成千上万的人。一个人没有机会获得这种能力将是非常遗憾的。如果始终不能获得类似的能力，一个民族也是最终不会有希望的——人类不可能把许多重托交给那样的民族，这似乎是一个非常朴实的道理。

无论在东方、在西方，类似的人物、类似的居所，只要走进，就会体味到那种特异的气氛，并从中获得特异的感悟。好像无一例外，它们会诉说、会回告，会发出那个时代和生活在其中的那个伟大人物的隐秘之声。我们屏息静气，总能听到他们安然而激越的心跳。

他们在对整个人类和自然微笑，所以他们是安然的；可是他们又常常被自己的捕捉和领悟所感动，感动到疯迷，所以他们整个的生命又在燃烧……

如今这里一片沉寂。这是人类最美的地方。

最美的笑容

到处都是拥挤的人群，特别是在城镇，街道上总是熙熙攘攘。这让人担忧：人类大概很快就将没有下脚的地方了。人类挤走了森林，挤光了土地。人类把庞大的建筑给撑破、挤垮，大地也不堪重负。

在一丛又一丛、一片又一片人群的踩碾下，大地常常要疲惫地抖动，这时候人间就要发生可怕的灾变。这仿佛是没有任何办法的、一种可怕的循环。

人类没有办法使自己根除和避免很多恶习，把那些能够带来危难的倾向遏止在萌发之初。他们相当盲目地创造、庸碌、追逐和享乐。他们有时候用故作神秘的意识和愚蠢的决策，一点一点毁灭自己。他们像旋转的熔岩一样，在大地上掠过来涌过去。他们其中也不乏智者，可是这智者就在这动荡不休的热流之中给熔化和损毁。

你在喧嚷声中蓦然回首，不由得驻足，脸上露出惊讶和欣悦——因为这时你在人丛中突然发现了几张最美的笑容：女性吗？不，还有男性；成人吗？不，全是儿童。在这样的笑容面前，你像被重新洗涤了一样，心头一片清新和干净。你此刻变得如此清爽、愉快、无私，你为这笑容所倾倒。这笑容不是来自那些过分成熟的人，它不同于中年和老年——虽然中年和老年的笑容有着另一种美。可是我们在这里所领略的，却是诸种笑容之中最美的一种。那是无所掩饰、无所提防、至真至爱至清至洁——未染一丝污迹的青春，活脱脱地浮现在脸上。

他们或光顺或芜乱的头发，在太阳下散发出光芒；他们是一些好动的孩子，穿上了带花点的小背心，或是绘着令人眼花缭乱的图案的小短袖衣服、方格短裤。这一切装束都是在他们的父母——那些成年人的指导下弄起来的，而这笑容却是他们自己的。那么美的眼睛、那么好的面庞、洁白的小牙、再自然不过的被笑催开的花朵。这真是人世间最大的奇迹，如此稚嫩又如此完美的一些生命。为了保护这笑容，为了接受这笑容所给予的全部安慰，我们真的可以耗上全部，为之倾尽一切。

他们是谁的孩子？来自东方还是西方？这都不重要。关键是，他们是像我们一样的，刚刚长成不久的一些生命。在灿烂的太阳下，他们活泼而新鲜地站在那儿，一律地微笑。你们为什么而笑？你们看到了什么？大概在你们眼里一切都那么可爱可亲。能够每天亲近你们的，将是这世间最幸福的人。那些直接把你们的生命用双手托举到这个世界上的人，也会是最幸福的人。可是牢记了你们的微笑的人，也可以成为另一些拥有者：拥有你们、你们的一份心情、自己的一份心情，怀着这样的心情，就可以打发很多忆想，赶走许多苦恼，产生新的希望。

世界上有很多孩子，每个人都将经历自己的童年。可是土地与土地的区别就像人与人的区别一样大；人在不同阶段的区别也一样大。童年与成年之间，在同一个生命身上，竟然隔着深不可测的鸿沟。童年几乎无一不美，童年的微笑几乎无一不美。即便是童年的泣哭，也焕发着一种美。

如果漠视了这样的笑容，那也可悲——匆促的生活、紊乱的脚步、不可抵御的苦难——就是这一切使人忽略了最亲近最动人的奇迹。但愿这种不幸不要降临给我们吧！但愿在蓦然回首之时，我们还能够发现令人怦然心动的、最美的笑容。

记住孩子才算记住了明天，记住了我们的来路和归路，记住了美的源泉、创造的源泉；才能够懂得羞愧、追念，懂得为一丝和一线希望去顽强奋斗。

他们柔软的胳膊、手掌，还有像小猫一样柔和滚烫的身躯，都足以打动一个硬汉。他们可以熔化铁石心肠，可以摧毁凶暴，可以用那对小小的巴掌摘取世上最完美的果实。

人类极困难的一件事就是完整地回忆自己的童年，因为他们在回忆中很少能够看到自己那副最美的笑容。他们记忆中的，常常是幼稚的冒险、嬉戏和玩耍。他们不能在心灵的荧屏上将那甜甜的、毫无猜忌的微笑定格。

到幼儿园，特别是到学校大门旁，即像走近了花园。等待出出进进的孩子，看每一张脸在灿灿的阳光下生动着、美丽着、可爱着。他们往往穿着鲜艳的服装，甜甜地微笑；有的皱眉，那也同样可爱。在这些涌来涌去的娃娃面前，当你闭上眼睛，偶尔脑海里会涌过这样奇怪的念头：未来的世界既然是他们的，那为什么还会有苦难，特别是令人发指的邪恶呢？当然，那一切肯定还会有的。不错，它们也是由我们所看到的这群儿童在未来所制造。任何时代里的儿童都像我们眼前的儿童一样可爱，可悲的是我们却经历了一个又一个可怕的时代。

这种痛苦的思绪只是一闪而过。

我们重新睁开眼睛，又会看到灿烂阳光下那甜蜜的、无比美丽的笑容。这时更深刻更强大的希望又在心头泛起、升腾。是的，记住了这样的笑容，寻找着这样的笑容，回忆着自己的笑容，我们就会获得那无边无际的、无所不在的幸福。

我们一定要保卫这笑容，一切都为了它，一切都期待着它。

选　择

在人类历史上，总有一些令人难忘的选择。它可以是灾难的选择，也可以是幸福的选择。一个人常常因为这种选择的独一无二，而得到永久的记载。

苏联宇航员尤里·加加林乘坐宇宙飞船“东方一号”环绕地球飞行成功，从而成为人类第一个进入太空的人。对于他而言，这是何等神奇的选择。现在我们可以看到许多星辰，知道不止一次有人乘坐航天飞机到太空去遨游。但谁是第一个？人们只牢牢地记住了第一个的名字。

加加林身穿宇航服的模样，从照片上看很像一个天真无邪的孩子：一对大眼睛、开阔的嘴巴、秀气的鼻梁，这一切都使人想到他的纯洁、质朴和平凡。他若混入人群之中，也很难让人一眼识别。他的确是芸芸众生中的一个非常普通的人。

只是某种“偶然”的选择彻底改变了他。

在人类探索和创造的漫长旅程上，总要有人遭逢这一类选择。与太空活动连在一起的难忘记忆，我们还会想到“挑战者”号，想到那次令整个世界震惊的灾难。在全世界的注视下，航天器在空中爆炸了，所有宇航员全部遇难——人们还特别记住了其中一位女教师的名字；通过电视屏幕，亿万人记住了她的微笑。这也是人类历史上的一次选择，一次不幸的选择。

生活与历史的神秘性，总是通过某些个体和群体的特异遭遇，得到不可思议的凸现和表述。无论是幸运还是灾难，都要选中一些人，都要由这些被选择者代表人类去承受。

面对这些惊心动魄的选择，或许不止一个人在想：我们宁可做一个碌碌无为的平庸者，也不必去经受那些可怕的跌宕、奇异的历险或注目的繁华，既不做伟人，也不做恶魔，而只求拥有一份平淡而温馨的生活。这是许多人的梦想。这个梦想或许不错，但也仅仅止于梦想。生活对于人，命运对于人，总还是要有一些想象不到的选择。这选择有时就像抛下的彩球或陨石，说不定就会击中茫茫人海中的哪一个。

实际上，一个平凡的劳动者已经接受了“选择”。因为这看似平淡，实际上却是操劳不息的日复一日的工作，正需要许多坚持的耐性——这只是人生惊险奇绝的一次长长的分解。它并非不需要有一份勇敢和坚定，一种一往无前的品质。不过这种品质被日常的烦琐，被流动的生活，被一种看似平凡的水流给悄悄地掩盖罢了。

能够把劳动精神贯彻到底的人，往往就是一个了不起的人，所以我们在衡量和辨识人的品格素质时，总是将勤劳本身作为至为重要的一个条件；所以我们也就不会惊讶于在历史的危急关头、在人生道路的一些切口，为什么一个平凡淳朴的劳动者却往往“突然”地焕发出那样的勇气，一下变得璀璨夺目。原来伟大就蕴含于平凡之中；原来那光辉的一瞬，就凝聚在漫长之中——默默劳动的一生之中。

原来所有人都在面对着选择、经受着选择；原来所有的选择之中都悄悄地包蕴了险峻和雄奇。

在所有选择中，对于整个人类历史而言，或许只有少数事件能够称得上是“第一次”，但任何选择之中似乎又都包含着“第一次”，包含着被永远记取、永远不能够消磨的那种神奇本质。

人的出生以及他的全部生活，就是一次选择。一个生命与这个世界的奇妙相遇，它所必定领略和经历的全部，有多么奇异——他甚至已经来不及惊讶和赞叹，来不及犹豫，迎接他的将是无边的忙碌，是一场连一场的应付和奔波，是倾尽全力的维持，是开拓和生存……只有在午夜，在特别冷静的时刻，当他独自面对这个无边无际的苍茫世界时，才会蓦然发现：他正参与和制造着多么巨大的生的奇迹。

他若有若无地感受了一个生命在万物之中微小而奇特的位置，感受了一粒尘埃在宇宙之中的游荡，而他的周围便是天籁之声：午夜的鸟鸣，树叶的抖动，一只野物在远野啼叫……这一切都将他的思绪引向空阔。

原来整个世界都是混乱中的有序、芜杂中的单纯、短暂中的漫长；虚无覆盖了永恒，永恒又战胜了虚无；人在选择命运，命运又在抉择人生。一个人在面对这个茫然庞大的系统时，不由得要手足无措。他们唯一的出路，也许就是保持永远向上的、不屈的信念，保持追求完美的执拗——人类实际上也只剩下了这一最后选择。

古怪之美

在人类历史的长河中，在人世间数不清的角落里，的确存在着一些古怪的事物，比如说一些古怪的生命。

他们是一些极其独立的、自主和自为的生命。他们能够在熙熙攘攘的人群中，在纵横交织的思想中，坚守自己的个性。很多的时候他们让人觉得不可思议。而他们的完美却在这种普遍的误解之中得到了修葺和完成。

他们不怕寂寞，因为寂寞不能够扼杀他们。一个孤独和寂寞也难以抹杀的生命，才是真正强悍的生命。不言而喻，他们往往都是一些天才。

天才的“古怪”，似乎是一种必然。一切杰出人物的平凡与随和，往往都只是其外表。

乔伊斯头顶礼帽，戴着一副圆圆的小眼镜，手持拐杖，坐在一把帆布折叠椅上，把拐杖勾上肩膀，与看画报的小孙儿亲切交谈。他的手上戴了两枚硕大的戒指，而且就由这两根戴戒指的手指夹着一支香烟。他的目光说不上慈祥，而是充满了探究，甚至是怀疑和挑战。当然，这目光还算是很温和。他由于瞪大双眼而造成的额头上那一道道深皱，使之看上去更加可爱。

他的瘦长个头，有点怪异的脑袋，多少预示和象征了他体内所储存的那些绝对稀奇和怪倔的念头。他留下的照片当中，还有非常著名的穿火红色西服的那一张——可以设想，当怪里怪气的乔伊斯走上街头，在人群中，在雪亮的阳光下，必定会像火红的鸡冠花一样耀眼夺目。

他的一生都不算富裕。他沉浸在一些深深的悟想之中，度过了不算漫长的一生。最能够体现这个生命特征的，当是那部惊世骇俗的《尤利西斯》。它剖析了三个人的灵魂，像一部天书，晦涩得让人瞠目结舌。其中长达四十页、没有任何标点符号的内心独白，在当世人看来似乎是在撰写一部这个世界上谁也不需要的冗长、烦琐、怪僻，比痴人呓语还要混乱的长文。当代读者往往忽略了一个人在清寂无援的状态下动手完成这一切，在进行这漫长到没有尽头的不倦劳作时，所隐约透出的另一些激动人心的东西——人类的激情，这是一个生命在人迹罕至的探求中，独自一人迈向无边荒漠的一种勇气：把人生只拥有一次的生命投掷出去的勇气。

真的没有多少人需要这部书。即便是在那些杰出的出版家、读书家眼里，在他们有限的通融和理解之中，它出版得还是那样艰难。在他生前长长的一段时间里，他的名字还很陌生。《尤利西斯》很少为当世人所知晓。

在这之前和之后，他还分别写出了《一个青年艺术家的肖像》《芬尼根的守灵夜》。后一部书让他花费了几十年的心血，一段文字往往改写十四五次还仍不罢休。像一切大匠一样，他在追求完美的过程中有着惊人的韧性和精力，简直是不知疲倦。

他的整个生命所凸现出的就是一种“古怪之美”。他的全部都标示了人类在一个方面所能够达到的深邃、完整和奇异。在这个方面乔伊斯显示了伟大性、不可埋没性和永恒性。他的文字在这个世界上不可能太多，在他之前和在他之后，都不可能太多。一切的仿制也仅仅是仿制而已。一个并非特异的生命是不可能获得这种极端之美的。

他在世时过着一种节俭的，有时是小心翼翼的生活。只在不得已的时候，他才拘谨地维护着那一点儿奢侈的享受，品咂着世俗生活的一丝甘味。这使我们越发想象他在不倦的劳作、沉浸、癫狂和痴迷的过程中，所获取的全部快乐和难言的苦涩。

由于他是这样的一个生命，所以大概也不可能与我们所熟知的这个世界过分地沟通。他是一个相对封闭的空间，不可能完全敞开。《尤利西斯》就不是一个敞开的世界，但它是一个允许走近的世界。走近和走进，只是人类的愿望和能力而已。它是一座迷宫、一条浓雾中的崎岖山路。一个人凭借自己的全部力量——思想的力量、肉体里所蕴藏的所有能量，究竟可以制造出怎样的奇迹？在此已经被最好不过地证明和显示了。这是人类向上帝的一次炫耀。

乔伊斯是一个孤注一掷者。他几乎没有刚烈的外表，却实在有超人的勇气。对于任何生命而言，这区区几十年光阴、只有一次的人世间的漫游，都显得是那样沉重和庄严。

从照片上看，乔伊斯那双精明而诡秘的眼睛，一旦闪向这个世俗世界的时候，遮掩去的原来是更多的神秘。

他的确是人类中的一个精灵，是永远也不可以化解的奥义。他的一生证明了，他拥有何等强大的生命力。原来最完美、最强烈的个性，都需要生命力去支撑和支持。

他永远不可能属于平民。可是他在一生的求索中粉碎桎梏、冲决和挑战的倾向，又说明他的本质仍属于民间和底层——这才使他博大和高贵，也使他不会被湮灭。

圣华金小狐

一双大大的水灵灵的眼睛望着前方，让人想到它的思绪正落在悠远之地。

它的整个神气哀怨、警醒、温顺，还有一丝勇武。像许多四蹄动物一样，它也有着硬邦邦的长鼻梁，鼻头也像一枚坚果，嘴巴上也有两撇长长的胡须，一对朝上竖起的很大的耳朵。它躺下时，将两只前爪压在下颏下，专注而警觉地看着一个地方。

它的眼睛渐渐渗出了一层泪光，它在泣哭——也许往事不堪回首，它在思念，思念自己的亲人、朋友，甚至是恋人。它让人想起美好的童年，一些绕膝的孩童。

它的皮毛一尘不染，由银灰色、黑色和金黄色的毛发组成；那张光洁的脸庞有着一股不可比拟的生鲜活泼的神气。不言而喻，它的周身都洋溢着一种草原的气息。

这种圣华金小狐是北美洲犬科动物中最小的一种，是极不安分的生命——每一只小狐都需要一平方公里的空间。到本世纪末，它们有可能灭绝。从此我们这各种生命川流不息的世界上，将彻底失去它的踪影，就像失去庞大的恐龙——但那是一些大得不可思议的动物，我们这个拥挤的地球也的确难以养活它们，而眼下的小狐却是这么小、这么秀气，像孩子，像单一性别的女孩。它们绝对无害于这个世界。人们可以从摄像纪录片、从照片上去领略它永不磨灭的美，去欣赏它雄健的身姿。可是我们在真实的田野上将再也看不到它，看不到它蹿蹿跳跳灵捷无比的身影了。

这样的一双眼睛、一张脸庞，让人心动。可是更多的时候，人类已经在残酷的追逐和杀戮中丧失了感动的能力。对于死亡、流血，可怕的变故和异类的伤痛，已经变得相当漠然。

在一个只关心一己荣辱和安逸的现代世界上，很少能够有人再去挂记一个语言不通，远在他方的小小生灵了——无论它长得多么可爱、多么滑稽可笑，不知何故的两撇胡须，顶着一个坚果似的鼻头，特别是那样生动的一张面庞，一双水灵灵的处女似的眼睛；也不管它是多么聪慧机灵；它的即将灭绝的可怜命运……现代人在精神和物质的双重压迫之下，已经没有更多的精力去关怀它们了。

圣华金小狐，还有其他无数的可爱生灵，都将在残酷的时间和命运的戕害与淘洗下，消失终结。但是，总有一些特异的心灵在关怀它们，为之呼吁、奔走。他们为它摄下了美丽的照片，试图永远挽留这些可爱的生命。他们在很多方面将它们看得与自己一样宝贵——因为它们同是阳光照耀下的形影。

这些人总是人类当中最优秀的一类。无论他们自己怎样孱弱和艰难，却始终抱有巨大的关怀力。当然，这种力量源发于一颗善良的、扑扑跳动的心脏。他们的博远的关怀，一直到自己生命的终点才会消失。

对于他们而言，世界给予的回报就是：让他们的眼睛更多地看到大自然中奇异的美。比如说，只有他们才可以注视这只圣华金小狐，可以领略它双目中所蕴含的那种无限的柔美、那种来自其他生命的伤感、那个不可诠释的灵魂。神秘的大自然让变幻莫测的其他生命去安慰这一部分人类，让他们伤感、欢乐、激越、幸福，当然更多的还有忧伤和牵挂。可是那些失去了这些的人，难道又会有更好的命运吗？难道一个轻飘飘的生命，就会获得更多的幸福吗？

有人就是执拗地、顽强地要弄通与他们完全不同的另一些生命的奇怪情感，比如说这些生灵们的思绪、意念，甚至是语言。他们不相信其他的生命就没有语言。他们从云雀的欢歌、小猫的呼唤，甚至是老野鸡嘶哑的长叫之中去感觉和猜悟，努力理解着它们为什么而激动、叫喊。万物的激越之声交织成这个世界上最绚丽最辉煌的一部乐章，可是许多人却没有这种倾听的能力，没有这种享受的能力。他们失去了一个机会又一个机会。在这个世界上，他们只重视自己的声音，只倾听自己所谱成的单调而冗长的音乐。

小狐的那一双眼睛似乎在向我们诉说关于它和它的同类的一个长长的故事。或许它把一首最好的歌藏在了心中。它不得不在目光中掺上更多的警觉；它的鼻头也在用力地嗅着陌生的、掺杂了恐惧的气味；双耳也高高竖起，在捕捉那可疑的声息——它的那个故事就包含了这一切：它们的经历，它们步步撤退和消亡的历史。由于语言的阻隔，一切沟通的可能都化为乌有。它们不得不流徙，走向更远的远方，走向末路。在这纯稚的想念中，它们忽略了至为重要的一条，那就是它们的厄运远远不是丧失沟通所造成的，而是源于同居在这块土地上的另一些生命——人类心灵的残缺，源于他们的丑陋、偏执、凶暴和不宽容的本质。

圣华金小狐这一双水灵灵的、蒙着一层晶莹的眼睛，是面对整个人类的一次无声的质询。这是一对让人战栗的目光，所有的人面对着这样一张面庞、这样一双眼睛，都应该深深地反省。因为这样的反省关乎人类自己的未来。人类在这样的一双眼睛面前，应该全面地检点自己的行为，追索自己的品质。当我们在一次又一次地颂扬“多元”和“宽容”的时候，我们是不是正在走向它的反面。我们不仅不“宽容”，而且偏狭和专横；我们不仅没有“多元”，而且在顽劣地维护“一元”。

圣华金小狐的目光告诉我们，它已经不相信我们冠冕堂皇的言辞了。它把我们虚伪的本质看得一清二楚。它们留下的美丽图像将比我们自己永恒得多、可爱得多。当最后的时刻，当一切都必须交还神灵的时候，圣华金小狐和它的朋友们将是最后的胜者。

它比我们完美、漂亮、无私而自由。它属于犬科动物，可是它毕竟没有像狗一样完全依附于自己的主子。所以狗们就不断地处于繁殖、剿杀、利用、驯化的那种悲惨境地。不错，作为一个物种，也许狗们可以伴随人类走到终点，可是它们却在忍受着双倍的屈辱。人类的苦难它们也将一起承担。人类对于它们不像对待牛羊一样，仅仅出于物质的需要，仅仅食其筋肉，取其毛皮；人类对狗们还有精神上的永久的奴役。

圣华金小狐亮晶晶的眼睛告诉我们：它不愿意。它仅仅属于荒原和自己的陌路。

如火如荼

一片茶花在风中抖动。夕阳下，它们真的如同火焰，在起伏的沙岭上燃烧，蔓延，呼啸而去；这时它们犹如飞起的箭镞，如同星夜里连成一片的火炬。

夕阳下沉，更暗的光色下，那些低洼草地的茶花变得暗淡起来；唯有高耸之地的花丛才变得格外突出，甚至有些耀目。西风搅动，它们像一片大湖掀起的浪涌波涛——这旋转汹涌的水流很快将冲决一切，继续涤荡。对于它们而言，土地上无所遮拦无所阻障，它们将汹汹滔滔，汇向海洋。

它们是荒原的激情，是最弱小者汇成的巨流，是哀号泣哭中的一次放声歌唱，是世界某个角落一次不为人知的冲动和释放。它们真的不可遏制了……

只是许久之后，它们才慢慢和缓下来，平静了；它们开始抚摸天色，轻轻歌唱。它们这会儿竟如此地抒情——徘徊低回的心情，悠远的思念……这片旷野上的茶花啊，竟有如此细腻动人的表述。

这个时刻，谁听到了它们的絮语呢？谁听到了它们充满诗意的呢喃之音呢？

它们终将被遗忘，除非它们在什么时刻唤醒了人的注意。不，它们是如此独立、自我、完美；它们只是扎根在一片泥土上，不断地更新自己的生命，不断地焕发出崭新的笑容。每当太阳升起，把它们照亮一片，昂扬的歌声就充斥了宇宙的每个角落。百灵停下啼叫，雄鹰在高空凝止，野鸡蹲在树杈上静静注视——原野上绽放的浪花，银色的海，惊世骇俗的美……一切都献给了太阳。

月色下它们则像一处梦境，掩藏的，是一个又一个神妙的故事。这清纯的夜晚，它们把美交给了月亮。荒野在光色下洗刷，水流溅起的扑扑声中似乎真有鱼跃。

这是激动之后，狂涛波澜之后，迎来的安宁和叙说；这是引吭高歌的前夕，又一次涛涌的前夕。它们就在这宁静中蕴含起更多的激情，变得更加细致，更加真切；它们的情感世界永远不会浮泛，不会中空。

在雄鹰看来，这是大地催放的焰火，是生命的庆祝——这里看不到一丝人迹，所以这仅仅是大自然自己的庆贺，是来自她的伟大礼赞，是循环往复的冲动。

注 视

霞光照亮你眼前的这片斑斓，各种野花开得如此绚丽。可能是被这美惊呆了吧，你一动不动地注视。草原、天空，一切都化为了映衬的背景；你站在一片生机盎然的世界里。

我不愿打扰你，一直注视着你——就像你注视着这片土地一样。

我想起了与你在一起的那些时光，你的故事，我的故事……

你是所有生灵中最为淳朴的一个，我不记得在这片平原上有谁比你给予人的更多。你永远操劳不息，过着辛苦的生活。作为一个母亲，你生育了那么多儿女，它们一个个彪悍、强壮，皮毛闪着光亮。你把它们一个个送到远方，它们都像你一样不辞辛苦，劳作一生。是它们驮来水、粮食和人们所需要的一切，而它们和你一样，每天吃下的都是草。

难得有这么一个机会，你不受约束地跑到了这片旷野。你正想起自己的孩子，自己的伴侣，还有那些友谊。记忆一滴滴从心头滤过。

现在只有你自己了。这一生仅仅有一个人曾经亲近过你——一位退伍的老人。

他从来没有像其他人那样呵斥你、鞭打你，或者让你驮起山一样的货物。他为你揩去身上的尘土，把干结在毛发上的泥巴用水洗去；他最愿抚摸你，拍打你的脑壳。他在你的两只长耳上留下了指纹。他常常看着你两只又大又亮的眼睛，不停地看。他向你诉说，可惜你一句也听不懂，但你最后总能从他慈爱的语气中把什么都搞明白。他有时把粗糙的大手按在你的嘴巴上，感受你呼出的那两道热气。他为你取来可口的草料，取来水。半夜里，他总是爬起来给你送去吃的东西，陪你一会儿。如果是大雨天或大雪天，他就蹲在你的旁边，吸一会儿烟斗。

那个老人像你一样，只是一个人。他那么孤独。原来你以为将和老人永久厮守下去，没想到他会走在前边。那一天你仰起脖子昂昂大叫，惊动了整个村庄。所有人都不解地看你，有的甚至威吓你。可你再不能够安静，奋力挣脱，只想把缰绳挣断，扑到那个躺卧的身躯上。你想用疯狂的呼号把他唤醒……一切都是白费。你眼看着老人被他们抬走了。他再也没有回来。从此你的幸福也就完结了。

接替老人的是不知从哪里来的一男一女，两个年轻人。后来你才知道，这是他不孝的儿子和儿媳。他们继承了这座泥屋，还有院子里杂七杂八的东西，当然也包括你。他们把一切不幸和沉重都加给了你，只为了维持自己的懒惰和无耻。他们贪婪地吞咽各种食物，却把一堆焦干的草节推在你的面前。他们在许多时候忘记了给你水。就这样，你干干地咀嚼，把痛苦和想念一起咽进胃里。有好几次你病得就要死去，浑身颤抖，甚至站不起来。而他们对这些像是毫无察觉，仍旧逼你到地里劳作，从早晨到天黑；你倒下又被鞭子抽起，有时实在起不来，他们就绝望地踢打。连你自己也不明白，是什么使你产生了那么大的力气，最后总是站起来……

这个没有温情的人间啊，你什么都不留恋，只留恋那一段记忆：老人抖抖的手，还有他咳嗽的声音。一切都宛如眼前。有好几次在劳作时，你想寻个机会跑掉，跑得越远越好，再不返回。你想在一个谁也不会发觉的地方倒下，死去……想是这样想了，可是每次走开又返回，返回那个泥屋。因为在那里，你可以听到老人的声音，嗅到他的气息。是的，只有在那里。这世界上再没有任何一个地方可以回忆那一切了。

简直就是记忆把你生拖活拽，拽向了那个牢役之地，欺辱之地。你的全身很快变得又脏又臭，到处都是泥巴污水，苍蝇一团团在身上滚动，叮、吮，让你踏动四蹄。你张开嘴巴咬它们，总是一下又一下咬空。这时候那个浑小子拉着他那个丑陋不堪的女人，在旁边嘲笑引逗。

你总在盼望雷声响起，盼一场雨冲洗身体，让毛色重新变得光鲜。这雨啊，终于被你盼来了——当淅淅沥沥的雨刚刚下起，你就不顾一切地挣脱，一跳挣出泥院，然后一直向北……

你站在海边平原上。雨水下得格外急，一地绿草都被淋得亮晶晶的。它们在雨中摇动、歌唱，你一听到它们的声音就变得年轻了。跑啊跑啊，白色的沙子印上了深深的蹄印，走到哪里，都有一些植物仰脸微笑，发出问候。它们还记得很早以前那个老人和你一起在这荒原上踱步的情景。

那是怎样欢快的时光啊！老人哈哈的笑声响在耳畔，你踢踏踢踏地走，有时仰起脸，在老人的胳膊和胸前磨蹭；你用鼻孔去触动老人的胡须。老人一点儿也不烦腻，捧着你的脸看；他摸你的额头，拍打你的后脑，咕噜几句……

有一次你亲眼看到老人迎着霞光久久地看着、看着，后来揉揉眼睛，两线长泪流下来。你昂头看着老人，发出了自己的询问。可是老人听不懂。你无法容忍一个老人的泣哭，只把这情景、这疑问和难过一起咽下肚里。有多少可怕的故事装在老人的心中啊，你垂下了头。

就在这同一片沙原上，往昔的故事在雨中流动，渗到沙土里，渗得很深很深；只有以后，它们才会随着另一茬植物钻出地表。原来整个沙原上碧绿灿烂的一片，都是在倾吐原野的心事啊。这么多的心事，这么多的怀念。各种各样的生灵都在这儿喧闹、鸣叫、奔跑。是的，这儿交织和遗留了各种各样的心事。它们永远不会完结，永远不会。

而我这个无奈的、被许多人厌恶的生命，也没法无辜地终止自己、扼制自己；我只能往前，往前；我是在迎着无法预料的厄运往前啊。

雨停了，云彩裂开了。霞光猛地射出。啊，原来还是一个早晨，太阳刚刚升起，自己被霞光照得周身闪亮，洁净无比。你突然觉得自己精神倍增，浑身都是力量。你奔跑、奔跑，想一口气跑遍这片沙原，这片自由之地，这片属于你和那个老人的土地；后来，忽然间，你像猛地听到一阵惊心动魄的音乐似的，一下站住了。

你站在了一丛灿烂怒放的野花跟前，一动不动了。

一滴晶莹的水珠从花蕊上落下。

你在想：它们正幸福地泣哭……

酷　烈

这些失去了表皮和绿叶的枝干，让人想起举向苍天的手臂。

头顶是卷动的乌云，是骤然照亮的炽电。它们失去了绿色的生命、失去了血脉，只有光裸的骨干还在挺立。仿佛它们正在呼号，正在进行一次淋漓尽致的表达，一切就猛然终止……

夕阳下，它们的魂魄像火焰，不停地燎动；云彩烧红了，接着又烧大地。大地是一片橘色海洋。它们身上刻满了岁月的印痕，挣扎的苦痛，写下了无数历险……

在很长一段时间里，这两棵柏树一直繁茂生长，无比茁壮。它们感谢阳光雨露，让它们成为这片原野上最蓊郁的一片。在粗壮的躯体上，曾经奔跑和蹿跳过猞猁、豹子，甚至躺卧过巨蟒和雄狮。这些凶猛和硕大的动物衬托了它的威严。

荒原上的其他生灵都以为它是不朽的、永生的，而就在它的脚下，却不断有一些更小的植物和动物相继死去。这些羸弱的生命无法抵挡突如其来的变故，轻易就被自然界的戕害折损或毕命。它历数记忆中一次又一次的危难，发出阵阵叹息。

一个雨夜，隆隆雷声震得大地抖动。突然，一道电火击中了它。它的躯体一瞬间就被撕裂了一道口子，好几根粗壮的枝丫咔嚓嚓折断，叶片扑扑掠地。这猝不及防的雷电使它全身抖动，深根都被摇撼了。它看到自己披挂了一身雨水和碎叶的躯体是多么雄伟，又是多么恐惧。雷电远逝，它还在颤抖；接连不断的狂风把它折断了一半的枝丫扭动、旋转，终于使其彻底脱离躯体。

那是个多么残忍的夜晚，飓风如吼，直号了一个夜晚一个黎明。早晨，第一束霞光照着四周的枯枝败叶，一地狼藉。真是惨不忍睹。

这是一次劫后余生，它走进了自己的厄运。

它躯体上的那道裂缝始终没能愈合。春天，起风了，风沙刮到了伤口里。夏天，烈日烘烤，雨水浸泡，它眼看着伤创在腐烂溃疡，痛楚使它夜夜难眠，呻吟不止。这声音在风中传得很远，连它自己都不能抑制。难道它想通过风传给遥远之地，传给冥冥中的什么吗？天地之间还有谁会疼恋自己，伸出那只无所不能的手抚平这创口……它用幻想抵御伤痛。它没有泪水，除非是在阴雨天里——那时它才忍无可忍，剧痛使其涕泪滂沱。

更难以忍受的是夏天。由于伤痛，它再也不能像过去那样从地下吸取那么多的活泉了。干渴难耐。火烈的太阳在头顶烤晒，无论发出怎样的呼号，它都不理不睬。它离这儿太远了，它俯视大地：它的怜悯应无处不在，恩泽无处不在，可它只是沉默，对痛苦和欢乐一视同仁。这就是太阳啊。它现在已经看不到太阳的微笑，也看不到它泣哭，更没有听到它问候的声音。

只有那些幼小的动物偶尔用躯体来磨蹭它，表达着自己的依恋和爱护。它们有时把它看成了这片荒原上的祖父，苍老、沉着，历尽沧桑。真的，这片荒原上的一切都在它的注视下衰老、成长、再生和轮回；它认识周围的一切，记得它们的来路，也知道它们的去路。狮子、豹子与羚羊、麋鹿之间，那一场又一场流血，它都耳闻目睹。它还看到旁边的一棵小叶青杨怎样被成群的毛虫啃食，一夜发出痛苦的声音，可是它的手臂离得太远，没有能力去解救；小叶青杨一头乌亮亮的黑发在一夜之间失去了，变成了一个秃子；再后来这棵小树就郁郁寡欢地度过了自己的青年时代，进入了老境。失去它的时候，老柏树一声不吭地注视，只用目光为它送行。类似的树木，洋槐、柳树、小叶楸、杞柳，一个又一个生命，差不多都是以相同的方式离开的。

它对这一切已经习惯了，记忆里装满了沉甸甸的沙子。

它自己的那一天是缓缓来临的。它眼看着滚烫的太阳烤干了自己一片又一片肌肤，它们由深褐色变成了棕色，后来又变成了黑色，开始像鳞屑那样一片片脱落。风雨加速了这种进程——简直像用无形的手撕去它的肌肤，剥出雪白的骨骼。这散发着热量和水汽的躯干啊，就这样白惨惨地裸露在原野上。

四周的晚辈睁大了一双双恐惧的眼睛，看着它们的祖父在晚风里颤抖，在太阳下呻吟，直到再发不出一点儿声音。

一缕水汽蒸腾到高空，汇入乌云。

它失去了知觉。最后的时刻，只有一个梦境像雄鹰一样在头顶盘旋：它梦见自己重新长出了枝杈，展开了叶片；它甚至又向头顶的空阔延伸了好几米——那儿是一片欢声。风来了，它无数的手掌在拍动，拍得生疼，拍得像水流和波涛一样，哗哗鸣响……

就在这渴求永生和力量的梦境中，它凝固了自己的生命。

天生的傲岸

一个印第安小姑娘，大约只有十岁，这会儿在注视我。我悄悄压住一个惊叹。

她头戴高高的羽冠，那是用雄野鸡翎和孔雀毛做成的。颈上挂着好几条项链，还有金属薄片做成的大耳环。她扎了无数条细小的辫子，它们又与其他的装饰品——丝带之类，合编成一条粗粗的辫子垂在胸前。

她的盛装打扮让人想起一个国王。

是的，她高耸的额头下，是拒人的目光，紧绷的嘴角，丰满的下颏，特别是大理石雕刻般的挺直鼻梁——这些都让人感到是一尊国王的塑像。我不记得在其他地方看到过类似形象，我是指她特异的、高不可攀的气质。

面对着这个孩子，这个生命，我们必须仰视。没有办法。整整一个民族的丰厚内容，从她身上溢流而出。仿佛她在向你讲述，向你显示一个民族的过去和未来。这个民族来路深长、神秘；对于这个民族而言，不需要长长的史诗记载，也不需要典籍和画册，因为其自身存在即可说明一切。

我想她的这种傲岸是来自大地山川。毋庸置疑，这是真正的自然之子才会有的神采和气概。我仰视着她，镇静了许久。我们语言不通，难以进行传统的交流。但我们之间可以相互感知。我不知她此刻看到了什么——她在审视我吗？面对一个东方人，她的内心正提出多少质询，我不得而知。

我只想永远记住这个形象。

我发现她的右眼比左眼大，而且有点下陷。也许是内心的什么在驱使，使其在这一刻两只眼睛有了区别。你的左眼有些漠然，好像只是随随便便地看着面前的一切，无论面前的是树、动物、一只鹿、一阵风或是一片原野、海洋、天空，它们对于这只眼睛而言全都一样。而那只稍稍睁大了的右眼，却饱含了温情，并且犀利。在我的印象中，所有擅长形象思维的人、富于幻想和浪漫的人，右眼都习惯于或者是天生地稍稍睁大一点儿。

谁说你不富于幻想和浪漫！你背靠的民族，你的来源，就是那样一个长长的故事；你的民族是一个真正无为而有为的民族；你们直接从山川大地上汲取灵感和力量，你们真正崇拜的是永恒的东西。你们与一切生灵平等，从周边所有存在的物体，比如凝固的山脉，寻找自己的答案。也正是因为这些不朽和伟大的参照，才有了你们自己奇异的历史。

你丰满而有力的下巴，奇妙的嘴角，都表明了超人的自信和肯定的能力；还有，表明了你对周围这个世界的傲慢、拒绝和坚决的否定。你以自己的沉默无言回答了四周的挑战。在任何腐化的现代主义浊流面前，你睁开的只是左眼——那只淡漠的眼睛。所有现代的聪智、机巧，充斥了每一个领域的得意狂舞，都在这平淡的目光下变得微不足道。它们失去了分量，终将过去。

漫长的百年只是生命一瞬。一切都要回到原来，回到永恒，回到山脉和情同手足的其他生灵身上。

你的全部生命都凝聚着这种大思索、大目光、大冷静。所以你是超然的，你是凌驾于一切之上的。朴拙而不灭的美——世界上也许会有什么力量暂时动摇这种美，但是从长久的观点看，一切都将被这种美所摧毁。它的力量是无限的，它的力量君临一切。

所以在这个时刻将你命名为“王子”是一点儿也不过分的。有时，当你混在人群中，在一群孩子当中摸爬玩耍时，也许很难让人看出有什么特别。那时平静的阳光和喧闹的人声在覆盖你，把你混同于他们——一些普普通通的生命。可是每当安静下来，每当你恢复到原来——一切也就立刻不同了。简直是有了一次突变，一次质的飞跃。

这时，平常的微笑从你脸上消失。你凝固到自己的历史中。

尽管现在的这个世界无所不用其极地改变你，也仍然没能达到自己的目的。这真是神秘的、不可思议的。

在你的身边，别人注视的只是你，或与你连在一起的那个民族，而你注视的，却是整个世界。

生命的力量

谁能想得到，一片坚实的水泥地板，有一天夜里忽然发出了咔嚓咔嚓的响声。它本来是由石子和水泥铸成的，几乎是不朽的，像钢板那么硬；它甚至发出一种钢蓝色——水洗之后，这种光色常常让人将其误认为金属。

可是我们今夜听见了它咔嚓咔嚓的声音。

后来，几天之后，你发现它有了一道裂纹，细细的。你略有不安。因为这裂纹一点点加大，不是一道，而是好几道。你感到好奇，蹲下来观察。

又是几天过去。你发现在几道破碎的裂纹交汇点上，露出了针尖大的嫩芽。你差不多是惊呼一声，跳了起来。后来你又蹲在那儿更仔细地观察，伸手去抠裂缝，试图解放那一点儿绿色。完全做不到，水泥板坚硬得很。

你想：完了，它注定会被扼杀。这时候你甚至怀疑那裂缝不是由它造成的。但是后来你又很快知道自己错了——因为裂纹仍在扩大，那针尖大的绿芽挣扎着伸出头来，已经绽放出两个叶片。

你发现这是很熟悉的两片叶子，是什么，暂时还想不起来。

出于对它的怜悯，你又一次用手指甲、用一根铁条去撬，去解放这个稚弱的生命。

仍然像上次一样，地板如同钢板，它不过是有几道裂缝而已。

一个星期之后，再一次看这片水泥板时，你大声惊叫了：原来裂缝之间的板块碎掉了，那儿长出整整一大捧绿色的叶子和枝丫，它们硬是顶破了坚障；这会儿，它们正蓬蓬生长，叶片上满是阳光。你看到有几块水泥板碎成了巴掌大小，已经完全松动了。这时候你认出：它是一蓬枣棵。在它的枝茎上，叶芽上，长出了小小的尖刺。

它旁边的水泥板又在破裂，又有新的绿芽钻出。你拿起被顶破的一块水泥板端量着，发现它的断茬足有两公分厚！天哪，这真是一些柔嫩的稚芽弄成的吗？这是什么样的力量，这简直是一个神话……如果不是亲眼所见，你无论如何都不会相信。

你想给它留一个照片，因为这是一个奇迹，而所有的奇迹都应该被记录。所以你就那样做了。

这一次生命遇到的是坚硬的地板，而生命还会遇到各种各样的、几乎是不可逾越的险阻，比如干旱、烈火，刀子的砍伐和镢头的挖掘：各种戕伐都有可能发生。我们看到春天萌发的那片绿芽——有时这只是粗暴的挖掘之后，留在土里的零星根须所萌发的；久旱不雨的荒漠上，却那么顽强地生长着草和灌木，还有星星点点的花朵……这就是生的顽强，生的欲望。死亡是黑暗，是永远没有尽头的黑夜，就为了那一线光明，它在倾尽最后的力量挣脱，向着光明探出身躯，哪怕只看一眼，只看到一角天色，也不枉费一生。

关于求生的故事不知有多少，那真是言说不尽。没有生命的电光，黑夜就会笼罩。生命迸发出电火，照亮午夜的苍穹。星光太遥远了，它在太空闪烁，晖芒还不足以光彻人间。比如说我们无法在星光下读书，我们仍旧需要灯火。灯火就是燃烧，是高高举起的光明。

石板覆在沃土之上，禁锢孕育万千生命、有着无限生机的大地。大地是力量的源泉，大地可以产生无尽的奇迹。再坚硬的石板，比起大地，也仅仅是微不足道的泡沫。大地上有一层肮脏的蛛网，它等待一只手将其拂开、擦掉。

一个生命终于来到活着的空间，有声的空间。听啊，这么多嘈杂、喧闹、叫嚣，各种各样的声音都汇集一起。多么雄壮的音乐，多少曼妙的歌唱。这一切都是在黑暗里难以寻觅的。

这蓬枣棵不记得埋在黑暗中多少年了，它总是被巨大到难以想象的沉重所压迫，不能伸展四肢；它的脊椎就要折断，它咬紧牙关才挺住。又过了许多许多年，煎熬使它夜夜泣哭，走入绝望。为了驱赶这绝望，它只得用五彩缤纷的梦境，想象那一天到来的幸福。它就用这不灭的希望鼓舞自己挺起脊背，攥紧拳头。它开始击打，不停地击打。一开始，回应它的只是沉默。它等待每一年里最有力的季节，那个季节的名字叫“春天”。

在春天，它才觉得身上充满了过去所没有的勇气和力量。它听到的都是自己攥紧拳头时骨节发出的啪啪声。在极为安静的时刻，它听到了遥远而迫近的呼唤。那是生的呼唤，是光明在呼唤。

许多年前，母亲离开时把它遗在深土里。那时它只是短短一截根须，为了生，它就用力地抓牢沃土，吸吮着。就这样，它活下来，鼓着勇气默数时间，寻找能够挺身而起的一天。

……最后听到了破裂声，它简直不能相信。看到了从缝隙里射进来的第一缕阳光，不知因为炫目还是因为感激，泪水哗哗流下。太阳升起来了，阳光越来越亮——这时谁都看到枣棵满身满脸都披挂着泪水。

这么多的泪水，这在过去从未有过。泪水把四周的地板打湿了。这是幸福的、感激的泪水。

就这样它第一次看到了太阳。它不认识它，只在传说中听过它的名字。很久很久以前，母亲曾指着大地告诉它：这才是万物的生母——而这个时刻它仰脸看着太阳，只想叫一声“母亲”。它不知道这样称呼对不对，只是泪眼汪汪看着。

它在心里默念：太阳啊，是你给了我勇敢，给了我一切。

艺术和流浪

在街头草坪前站着一个吹长笛的人，一个流浪汉。他胡须长长、头发长长，衣衫不整，正旁若无人地吹奏。他的身旁会有一顶仰放的礼帽或乐器盒，那里面大半有行人抛下的几枚硬币。

他不停地吹奏，很长时间一直闭着眼睛。他完全沉浸进去了。几个过路人在观赏，面无笑容。他们大概被眼前这个流浪者、这个不知姓名的艺术家给打动了，但也只是一瞬，后来他们还是走开了。他也许没有发觉自己的听众已然离去，也许早被这来来往往的脚步声给弄得疲沓了。他只是闭着眼睛吹奏。

有时他的听众只有一个，有时一个也没有。他在演奏给空旷的街道、假设的知音。他自己沉迷在乐声里，自己陶醉。这是真正的陶醉——有谁会将乞讨和陶醉连在一起呢？可这是真的。这是一个流浪的艺术家。

在欧洲，在美洲，不知看过多少这样的乞讨者。他们的艺术换来的往往只是一把硬币，很少有纸币。在地铁入口、站台，甚至在曼哈顿百老汇歌剧售票点，到处都能看到这样的艺术家。他们大都是一个人，有时也有三五成群的；还有时七八个组成了一定规模的乐队：围成一圈，做一个手势，然后就一齐演奏起来。那种齐心协力，那种沉入，那种感染力，简直有点儿罕见。行人为之动容，越来越多的人在此驻足，纷纷掏出馈赠，放在仰放的礼帽或乐器盒中……

我看到这样的一群艺术家：他们从一个国家的南部起步，一边流浪一边演奏，一边乞讨一边陶醉，向着这个国家的北部一路游走下去。

游历了这个国家，再去另一个国家。他们的一生就这样度过。

他们究竟是热爱乞讨还是热爱艺术？究竟是追逐自由还是追逐生活？我不知道。

在一片广场上，一些流浪画家蹲在那里，聚精会神地在水泥地上作画。他们用彩笔为行人画像，画好之后行人就拿出自己的酬谢。可惜这都是不能经久的艺术，因为作者离开之后，这些作品说不定在什么时候就被践踏，或被风雨摧毁……我们不明白这种精心的制作，这种压根不准备耐久的创造到底是为了什么？因为我看到，即使没有一个施舍者，他们也仍然在一丝不苟地工作。他们在街头画出了绚丽色彩。我在其间徜徉，相信这中间有绝美的作品。毫不夸张地讲，那种放松和自由、那种极度的浪漫，深深地浸透在流浪艺术家的创造品中。它们打动了我。我的视觉和听觉被流浪艺术家所感染，无法忘怀。

可惜我手里没有那么多的钱币，但总是尽己所能酬谢了、表达了。我所给予的，比起他们交付的心灵犒赏，太微不足道了。

他们当中的确不乏真正的天才。因为耳朵和眼睛不可能一直蒙骗我。我不知艺术和流浪之间是一种什么关系，它们的联结是一种偶然还是必然。

在美洲和欧洲，还有其他地方，我看到的流浪艺术家太多了。这使我心生疑窦：难道一个货真价实的艺术家离一个真正的流浪汉只有一步之遥吗？这个念头像闪电一样在心头划过，使我一栗。

看着眼前绚丽的图画——这又是一个艺术家在出神入化地描绘。色彩多么鲜艳——可是不巧，刚画了一半天空就滴起雨来，一滴，两滴，许多雨点落在他的作品上。我为他惋惜。可是这个艺术家头也不抬，而是以最快的速度继续他的创造。雨点比刚才更密集了，他画得也更快。他简直是飞速地、倾尽全力地画着他的作品。他跪在那里，用身躯遮住了作品。雨点落在他的背上。就这样许久，雨终于更大了，游人都呼叫着撑开雨伞，没带雨具的就四散逃开。

我陪伴这个流浪艺术家，和他一块儿。雨水把我们周身淋得精湿。我们眼睁睁看着地上的作品被雨水冲脏了，冲得面目全非。雨水从他芜乱的头发上流下，流过他的眼睛、鼻孔，大滴大滴垂落。这里面会有眼泪吗？

后来我想：不会的，他不会流泪。因为他经历这种场合一定太多了。他已经习惯于把自己的艺术交给瞬息万变的自然，可以让水冲走、让风吹走。

是的，那种美好的歌声不也是在一瞬间被吹得无影无踪了吗？

一个真正的艺术家有时的确是一个流浪者。他不是形体在流浪，就是精神在流浪。他难以在这个现实的世界上找到自己的居所。他走啊走啊，用完美的脚步，用精神的触角，游遍了世界的每一个角落。到处都没有这样的居所。世界之大，竟然没有一个角落可以托放他们特异的思维、耿直的禀性、真正的勇敢；他们所拥有的，是那种绝不甘于平庸的人的力量。

除了流浪的艺术家，我们还可以看到家徒四壁的艺术家、走入绝境的艺术家。不必列举他们的名字，因为走在任何一个被商业气流冲得滚烫烫的街巷上，如果要寻找他们都不难，正像寻找一个流浪艺术家并不难一样。他们真正贫穷，而贫穷却是艺术的孪生兄弟。他们是人类最敏感的器官，我们只能为他们自豪。现在的问题是，我们能否为，怎样为他们苦楚的一生给予一些援助，有效的援助？

有那么一天，当一个人在某个博物馆里看到那些已经破损的各种各样的乐器和画笔、满是灰尘的陈旧纸卷、密密麻麻的歪扭字迹，必会发出心底慨叹：当年，有一些人，就试图用这些，描绘出人类精神的历史……

琴　声

一片安静的湖水，经过了秋霜冬雪，只余下一片残落的荷茎。它们折断垂倒，一半溶到水里，一半画出美丽的弯曲。有一滴水从荷茎上滴落，于是我们全都听到了动人的乐声。

一瞬间，一湖美妙的丝弦都鸣奏起来。这是和鸣。

我从中听到了热烈的夏天的声音，丰硕的秋天的歌唱，还有深冬里那严肃的敲击。

大自然留下了真正的杰作，这是人手永远也没法摹绘的。

在我眼里，这是留下的声音、画幅，是记录了季节的乐章，是音符——神灵之手绘下的音符。这种记录留下来让我们解读，让我们永远咀嚼不尽、玩味不尽。我仿佛看到了一个庞大的乐队，他们用最复杂的演奏，最神奇的配器，来表达天籁。

这一自然之手绘下的乐章，该怎样摹写、怎样译成现代听觉艺术？

也许会有人把它看成不可言喻的神秘之声。

我在屏息静气地倾听。我听到了叮叮当当的敲击声，像古代的磬，它们悄悄地、一丝一丝地敲打。后来，这声音淡弱下去，以至于没有……这样不知过了多久，终于有一声轰鸣：万锤齐举，震耳欲聋——天地间一瞬间充溢着它那宏大的震响。诗的浪涛涌过之后，又是微风吹拂般的管弦，它们在月色中渐次扬起。这婉转的歌唱越过银波，在水中击溅，波纹荡漾，轮轮远环。湖中，所有的星星都被它抖碎了，一切光明都消融在这静谧的、时隐时现的乐声中……

这样直到许久许久，才来到最后时刻：各种乐器同时演奏……百感交集的声涛中，一万双眼眸一齐投射过来，注视这个声的世界。雷鸣和闪电也参与进来，万顷巨林都在风中摇动；一种撕裂的声音，组合震撼，犹如马嘶猿吼，一排一排的巨浪涌来荡去；一个舵手在奋力搏击，疾风骤雨顷刻间把桅杆打折，白色的帆在雨中破裂，垂挂下来。我们回头再去寻找那个舵手、船长，他不见了。

一场风涛和雷声响过之后，照例是一片湛蓝，太阳和白昼一起降临。

和风吹拂之下，暴风淫雨之后特有的宁静，笼罩了所有空间。恬静的低回，温情的歌唱，这时又缓缓地、丝丝缕缕地升腾起来了。

我们听懂了：原来这是一首关于永恒的时光的音乐。

只要时光永存，生命就永存。它在阐述关于生的原理和永恒的原理——一曲最神圣的乐章。它让我们在声音的丛林里攀缘、领悟。

夜，一点点来临了。暮色中我们看到了一个季节的辉煌的结束。

在这部乐章之后，即将迎来的是春的序曲。

公民激情

一位白发老太太，满脸都是绝望和悲愤。她后面是数不清的人，是像她一样的男人、女人、老人；是中年人，是孩子和年轻姑娘。他们都手持一个白纸剪成的鸽子。

这是又一次在市中心举行的和平集会，一场游行，一次抗议。他们在抗议前不久一些暴徒所制造的恐怖事件。

那天许多人目睹了这一暴行造成的可怕后果：鲜血在沥青路上流淌，无辜的老人和孩子倒下了。他们与眼前这一群人互不相识，非亲非故。可是钻心的痛楚却使所有市民哀不欲生。他们走向街头。暴徒隐匿——隐在无形的角落，隐在夜幕之后、窗户的另一面、人群的深处，可是，他们将恐惧于这一张张愤怒的、绝望的脸。

那些丧失理性、丧失一切良知的暴徒或许不懂得恐惧，他们心中早已不存畏惧。可是，他们却会被这剧烈燃烧的心灵的火焰所焚毁。他们不会有更好的下场。

在另一个街头，另一座城市，我们还看到另一些愤怒的市民。他们举着写满了抗议之声的纸牌在街上走动。他们踏响了石板，一直向前。街道两旁出现的围观者，后来也加入了游行的队伍。

他们抗议什么？他们在抗议这座城市有人对少数外来移民所制造的各种各样的麻烦、那些人所共知的“排外情绪”——也就是这种普遍而卑微的心理，使少数外来移民在这里增加了生活上的重重困难，增添了许多不必要的辛苦。尽管这部分移民为数极少，在这座城市的夹缝里蠕动，少到了可以忽略不计的地步，但这座可爱的城市，可爱的市民，仍然没有把他们忘记。

就为了人人平等的基本权利，就为了作为这个城市市民的那一丝丝羞愧，他们走上了街头。

不知这抗议之中包不包括对自己的警示？

被理性之光照彻的心灵是多么美好。他们的胸襟将多么开阔，心地多么温柔和慈祥。心怀这种温柔和慈祥、这种公正和自信的城市，又怎么会贫困？她的未来又怎么会不是阳光灿烂？这样的城市一定会拥有自己最光明的前途。

一个人为自己——自己的城市、自己的土地所滋生的不义和丑恶能够感到羞愧和愤怒，能够拍案而起，能够走上街头，能够大声地质询和呼号，这本来是一种非常基本的能力。可惜，今天这种能力在许多地方早已丧失殆尽。人们已经变得没有怨声、没有恼恨、没有憎恶，一切都可以忍受，一切都可以迁就，变得特别能够随遇而安。无论是多么恶劣的、令人震惊的事件，只要不殃及自身、不伤及手足，尽可以闭上嘴巴，转过头去——他们视而不见。

可怕的私心将把一切全部葬送。这样的生命实际上已经先于肉体而死。他们只是一些行尸走肉，在时间和空间里挪动、繁衍。时光的变迁，不会在他们身上留下任何奇迹。由他们所组合的群体也不会创造什么奇迹。他们一心一意所营造和追逐的，只是那点儿可怜巴巴的粗鄙的幸福。而这所谓的幸福也往往，也必定稍纵即逝，它们并不耐久。没有用生命的激情去热烈拥抱这个世界的，这个世界也不会以同样的热情给予回报。

一个人是否有能力摆脱狭隘的个人利益和群体利益，进入理性和宽容，进入一种严整的思维，这往往是衡量他是否拥有人的自尊的重要指标。

在这个物质的世界上，有谁还能为那些似乎是远离了自己的不义而愤怒呢？通常，他们只知道为自己抗议。可是他们究竟分得清什么才是自己的，什么才是他人的？而他人的又在多大程度上关乎自身？卑微者的目光只会盯住方寸之地，久而久之，他将失去自己的立锥之地，更大的侵犯接踵而至。

在失去理性，从而也失去力量的生命那儿，真正的恐惧开始围拢，因为冥冥中的什么会向其证明：他们已经丧失了在这个世界上获得幸福的最好机遇。

森林之冬

西北风把雪粉糊在槐树和杨树黢黑的枝干上。最严酷的季节来到了。脚下是雪，四周都是雪，天空已经许久没有露出阳光。

在这样的季节，树木的身躯被强劲的西北风所压迫，向东南方倒去。可它们总是尽可能挺起身躯。寒冷、北风，使它们裹紧了黑色衣衫，默默挺住，不吭一声。各种攀缘植物——那些往日里亲昵它们、向它们纠缠索取、不断讲述甜言蜜语的藤蔓，这时都像纸屑一样碎裂了，脱落了。它们坍在脚下，又被大雪盖住。

在风中剧烈摇摆如同芜发的茅草也没有了。森林变得如此干净、光洁，只剩下了乔木。为了抵挡这个可怕的季节，它们叶片脱尽，激情敛起，一切都收入内心。

这就是严冬：沉默的季节，收敛的季节，默默挨和挺的季节。

小动物回到洞穴，草獾和刺猬再无踪影。它们顽皮可爱的鼻头上，永远留着的是秋天里那最后一滴露珠。它们洞察一切的眼睛，只稍稍一瞥，就察觉了季节的危险。它们走开了。

只有猎人穿着坚固的皮靴，顶着厚厚的棉帽，还在树林缝隙里四下寻索，提枪在手。他的后边，是跑颠颠的猎犬。他们想找一两只草兔和不识时务的飞禽。他们留下了紊乱的脚印。森林里一直没有听到他们的枪声。这值得庆幸。

在这安静的，连扑扑落雪都听得见的时刻里，最好谁也别来打扰。

这就是那个冬天，我在林子里跋涉……

快一整天了，没有吃的东西，没有见到任何人影。背囊里只有干结的一块锅饼，还有最后的一口水。身上热汗涔涔，可是不能停下。稍一驻足，北风就会把汗水变成冰凌。大约有两次，我确信自己是迷失了方向。灰蒙蒙的天空看不见太阳，辨不清方向。好几次想努力听到一声嚷叫，哪怕是一声狗吠也好，那样我就可以判断哪里有村庄，有人迹。没有，什么都没有。偶尔传来一两声寒鸦的呼叫，它们只能增加我的焦虑。

我不知这片林子有多深多远，只知穿过它才能看到清晰的路径。我简直像一叶扁舟落在茫海，看不到自己的岛，没有出路，没有希望。而且非常可怕的是，我不能停止，只有向前。我判断的余地是那么小，选择的余地也是那么小。

这儿只有数不完的树木兄弟，它们像我一样，在无奈中忍受。它们祈盼的是春天，而我祈盼的是走出森林之冬。

我稍稍有些后悔的是，为什么要那么焦躁地离开滚烫的火炕，噜噜叫的炉火，还有炕角上蜷着的那只黧花大猫？在我即将离开它远行的时刻，它还浑然不觉地伸出温暖的胖爪，在我脸颊那儿推动着。它伸着懒腰，打着瞌睡，闭着一只眼睁着一只眼，瞥我一下又睡去。它不知道我即要开始的远行。最后一刻我抱起它，亲了亲，在它迷惑的神色中提起背囊。

就这样，我开始了自己的远途，进入了这片冬林。

身后是一串脚印，白雪的完美被我踏破。这个时刻回返已经来不及了，因为走不上一两个时辰天就会彻底暗下来，那时我差不多会冻死在这片林子里。我看不到自己的脚印，缓缓落下的雪粉很快会把来路遮盖。

显而易见的是，我只有往前。

这时我不得不盘算怎样节省背囊里那块像铁一样坚硬的锅饼了。出发的时候我几乎没有更多的准备，好像只是匆匆上路；我对旅途的危险完全没有预计。因为我不止一次走过远路。我并没有把这一场跋涉想象得多么可怕。这当然是我错了。我幻想着在太阳落山，在接下去的漆黑一片中，能够从树隙里看到前面有温暖的灯光。那个时刻该是多么好啊。

太阳越来越低，天色越来越暗。我想这可能只是午后四五点钟的样子，厚厚的雪雾使黑夜提前到来了。多么艰难的未来的一截路啊，我只能像这冬天的树木一样，冷静、严肃、忍耐。我将走下去，义无反顾。

我把背囊往上耸了耸，在一棵粗大的树上倚了一会儿。

温柔的绿山

使我心动的，不是这几个围拢一起的牧者，甚至不是他们的骏马，因为马上有鞍子，有缰绳。我不太喜欢这些牧者，不喜欢他们被遮在阴影里的脸庞；还有，我不喜欢他们臃肿的背影。在我眼里，他们不像是淳朴的劳动者。

放眼远望，看到的是那些轮廓极为柔和的蒙了一层绿色绒毯的山脉；凸起的高地、丘陵，线条都同样柔和，它们全部被遮盖了一层绿毯。天地之间少有的一种和谐与美，呈现在面前。

这片给人以许多想象的山地，除却眼前的一幕，几乎再没有什么疵点。可怜这两匹被套上了缰绳、拴上了马镫的马。它们是银灰色或白色，正在那儿低头觅食；还是那么美丽的眼睛。它们本该属于远处的山脉、蓬蓬绿野。可惜它们身上有了铁环、绳索，这绳索从它们的头上一直延伸到那几个半躺半卧的骑手那儿。是的，我看清了，他们是骑手，而不是牧者。这是几个骑在它们身上来回奔走的人，而不是呵护它们、伺候它们饮食的人。我对于今天那些变质的骑手早已失去了尊敬。

我不止一次遇到类似的骑手，得出的都是同一个结论。这些人身上的烟火气太重，散发着刺鼻的气味，不得不让人小心地躲开。

我把目光转过去，望着远处的群山，享受和感知它们的温柔。它们传递出的是一成不变的故事：大地的故事，山川的故事。

山脉的另一面，是引人遐想的灰蓝色——这大概是因为远处的雾气所致。在这个季节，站在山脉前，会被深深吸引。一个渺小的生命面对了它，面对了大山之后的大山，不由得要想到这亘古未变的风景背后，还隐藏着一些什么神秘。真正的英雄大概在山的另一边，在浪漫的想象中。

过去的记忆中，远山一派空灵，或是天蓝或是碧绿，有时甚至闪射五彩的颜色。它有丰富的宝藏，有仙女的故事，钻石的故事。如果深入其中，还将有各种奇遇。而一旦真的走近，你就会被粗糙的褐色，被再现实不过的砾石和沙土给弄得失望和懊丧。一切都跟平常看到的差不多。土岭、山丘，发着锈斑的石块。进而是寒冷的风，或者是湿气。没有可爱的动物，没有那么多鸟。在山风里抖动的茅草、灌木，一切都了无生气。这时候如果有人在岭后高高地唱上一句山谣也好。没有，什么都没有。

就怀着这种失望和希望继续往前。翻过了一座山又一座山，几乎没有个例外。山脉给人的是汗水、艰辛，是历尽辛苦一无所获的那种平庸无奈的笨拙感。

这就是我以前走过的山地。

而眼下却是完全不同的景观。从脚下到前方，到更远的地方，全是一个颜色：绿色。我相信眼前的山脉，只存在于高原和边陲；它的轮廓，在阳光里闪烁的一面，还有在阴影里的暗绿色，是任何巧妙的画笔都不能摹绘的。我甚至怀疑，这么完美的一片山色怎么能容纳眼前的一帮骑手？他们的背影看上去显得拙劣，远不够干练，远没有我想象中的那种风尘仆仆，那种苗条俊逸，更谈不上骠勇和英武。

当然，我太苛刻了。也许这不是我的缘故，而是因为在如此完美的背景衬托下，我变得过于挑剔了。

眼前的图景如同传说，如同歌谣。这令我很难把现实生活和它们拼接在一起。那会是一种蹩脚的拼接。它将破坏整个画面——我不忍在古老的山脉面前添上几个世纪末的骑手，这让人有点儿黯然神伤。

我无法遮掩自己扫兴的情绪。也许我眼前的这几个人解下马镫，解下骏马身上的绳索，回到拥挤的街市上才更合适一点儿。

美好的自然，山脉、骏马——你们给予我的太多了。是的，我和我的同类该变得何等洁净，才配与你们为伍，才配走到你们身边。

山川大地永远不会拒绝那些辛苦的劳动者，那些四海为家的旅人。因为旅途上的风雨，还有不间断的劳作的汗水，会洗去他们身上的臃肿和俗拙。他们每次都能化入自然风物之间，不是成为一个刺眼的点缀，而是与之完美结合，成为不可缺少的一部分。他们无论站立、躺卧、行走，无论是身负沉重的背囊还是徒手而行，无论是匍匐在地忙碌，还是坐在那儿歇息，悠闲地抽一个烟斗，大地山川都会以她过人的温柔包容接纳他们。她只认他们为同类，为自己的儿女。

关于大山和草原的故事，已经很多很多了。关于骑手的故事，也已经很多了。可惜这些故事往往不是现代的。

在世纪末的草地和大山之中，我们艰难地寻找着诗意的人生。

他　们

一个模样赖赖巴巴的小狗，一个长了一头金发的孩子，面对面地躺在草地上，满怀欣悦。男孩正讲故事，伸手比画着；小狗专注地倾听。可能是因为惬意和感动，它张大嘴巴大口呼吸；它看着自己的伙伴——那个男孩。男孩已经沉浸在喜悦之中，顾不得看它，只是垂着目光。

他们的对话一定有趣而奇异，可惜我们听不懂。我们已经失却了他们的语言。这两个伙伴之间是完全平等的——他们自己感觉是平等的。他们仿佛只有外形上的不同，而没有其他的不同。两个生命在最能够接近的时刻里融融相处，互相吸引，相依为命。

眼下这两个生命是非常相似的，可是用不了多久，他们的区别就会大起来。但主要问题却不是出在动物一方。

众所周知，一只狗从小到大，永远可以保持对人类的热情，保持全新的激动。这真是一种了不起的能力。它永远天真无邪，永远热爱着人，围拢着人，永远那么认真而专注，那么顽皮。

我们不止一次看到这样的场景：狗的朋友，或者说它的“主人”，刚刚从它身边离去还没有半天，归来时，它竟会欢叫着跳起，全身颤抖，拧动不止。那种狂喜和兴奋，那种感激，充斥了每一根毛发。如果这时候它的主人能够弯下腰来拍拍它的头，或者伸手攥攥它那两只前爪，它会倍加激动。

在这样的场景面前，我总是感到惊讶。我不明白这是一种怎样了不起的生命：它为什么会自始至终永葆那么强大的感动的能力？它为什么而感动？为友谊？为互通的心灵？为一个生命对另一个生命的喜爱？为看到人这种完美的生灵像巨大的奇迹一样出现在自己面前？还有，它与主人的友谊永远不会变得陈旧吗？这种互相吸引的奇怪魅力，永远也不会随着时间而递减吗？

有人可能说，一只狗在极大的程度上要依赖于自己的主人，饮水，吃食，一切的方面都不能自理。但我凭我的观察，我的领悟力，却要否定这种说法。因为我明确地感到事情完全不是如此。因为狗在更多的时候对这种依赖是没有察觉的，它觉得这些都是自然而然的。说到吃饭，就像人一样，它也喜欢美好的饮食，会为一餐好饭而欢欣鼓舞；它会一边吃一边感激地看着旁边的人。可是我相信，它的感动，它的喜悦，主要还是在其他时刻——它最激动的那个时刻，绝不是因为一点儿口腹之欲，更不是因为世俗物利。它的喜悦和激动来自许多更为高尚的方面。

我不得不说，这种心灵有着伟大的性质。从这方面讲，这颗心灵的质地是无与伦比的。

人类有必要向其他生物学习，从一些方面寻找它们的优长。如果说现代仿生学从动物和植物身上学到了生存的本领，从而开拓了自己的技术领域，那么我觉得离开科技的层面，还有更多更珍贵的方面需要发掘。比如说心灵的性质。人类在征服异类的技能上，也许超过狗等其他动物许多倍，可这并不能有效地证明人类情感的卓越和高贵。比起某些动物，人类有时显得麻木和冷酷，也显得过于粗俗。他们更多的时候被世俗物利所纠缠，很少再为一份纯真的情感去激动不已。他们常常很快丢失了童年时期的那份纯粹。

正因为相同的心灵，时下的他们（孩子和狗）才变得两小无猜。他们彼此都不懂得欺骗，能够安然地、随意地、一丝不苟地在那儿讲述，静静地躺着，共享美好时光。

金色草地上有金色童年，他和它是两个儿童。

可是他们很快就将分处不同的世界，去做不同的事情。一个变成随时可以被遗弃的物品，而另一个却自然地变为这个世界的主宰者，化为他们当中的一员；即便他是一个失败者，也要比身边这个童年的伙伴优越许多倍。

他长大了，却从来不问自己：他真的变得比过去更为高贵了吗？他会忘记这种追寻，忘记小时候所遭逢的友谊。那时候还是童年。那时候他与它简直是须臾不可分离——刚刚一转眼的工夫，它离开了他的视线，他就急得难以忍受，呼叫，跺脚，到处寻找，发疯一般。“我要看到你，我要牵上你的手，你哪里去了啊……”

他们一起走远了。大人们也在寻找，焦急中问一句：“‘他们’哪去了？”

是的，“他们”——哪去了？

“他们”已经走远了，破碎了，撕裂了——“他们”这个词儿已经用不成了，而要分成“他”和“它”。

这个词儿的撕裂和破碎多么可惜。“他们”实在隐含着让人流泪的特质和内容。

“他们”——到底哪去了呢？

1996 年 10 月—1997 年 9 月